CONTES FANTASTIQUES

Les contes d'E. T. A. Hoffmann sont connus, selon leurs traducteurs, sous des titres différents. Nous avons repris ceux choisis par François-Adolphe Loève Veimars (1801-1854), diplomate et écrivain, qui fut un spécialiste de l'œuvre d'Hoffmann, et son meilleur traducteur.

E. T. A. HOFFMANN

CONTES FANTASTIQUES

PRÉFACE

Ernst Theodor Wilhem (qu'il transformera en Amadeus par admiration pour Mozart) Hoffmann est né à Königsberg (Prusse orientale), le 24 janvier 1776. Son père est un avocat sans clients, passionné de musique, qui quitte le domicile conjugal peu après sa naissance ; Ernst Theodor est élevé par ses grands-parents maternels, gens guindés, chez lesquels il s'ennuie ferme. De constitution chétive, il donne libre court à son imagination, rêvant de devenir chef d'orchestre, mais devant, par tradition familiale, poursuivre des études de droit. Amoureux malheureux de la jeune femme d'un riche négociant de la ville, il la quitte pour se fiancer avec une cousine. Il la suit à Berlin où il passe des examens pour entrer dans l'administration judiciaire prussienne.

En 1800 il est nommé à Posnan ; il a 24 ans et il est déjà malade du foie, à force d'abuser du punch, sa boisson favorite. Pour se distraire, il dessine, et ayant caricaturé le commandant de la garnison locale, il est muté dans une bourgade polonaise à l'écart du monde (la Pologne est alors occupée par la Prusse). Il rompt ses fiançailles et épouse Mischa, une Polonaise qui lui restera dévouée, malgré son caractère difficile : attiré par l'étrange et le morbide, amoureux de femmes inaccessibles, il a peur de mourir fou, se moque des fantômes mais croit au diable… Grâce à l'intervention d'un ami d'enfance haut placé, il est muté à Varsovie, où il revit ; il se remet à la peinture, et à la composition, organise des concerts. L'arrivée des troupes napoléoniennes, fin 1806, met fin à sa carrière. Fonctionnaire prussien, il est destitué et retourne à Berlin, où il apprend la mort de sa fille unique de 2 ans. Il survit tant bien que mal jusqu'à sa nomination de maître de chapelle à Bamberg, en Allemagne du Sud. Il compose un opéra, et commence à rédiger ses premiers contes. Mais la guerre entre la Prusse et l'empire français rend les temps difficiles. Il tente, en vain, d'obtenir un poste de chef d'orchestre à Dresde et à Leipzig. En 1814 il reprend sa carrière de fonctionnaire à Berlin, et se lance frénétiquement dans l'écriture. Il commence à devenir célèbre, mais continue à rédiger ses contes à un rythme soutenu, comme s'il se savait condamné par son alcoolisme et une maladie nerveuse, sans doute une syphilis. Alité, paralysé, ne pouvant plus écrire, il dicte des notes. Il s'éteint le 22 janvier 1822.

Maître du fantastique, souvent comparé à Alan Edgar Poë, il distille, souvent avec humour, l'horreur et l'épouvante, les malaises de l'imagination et les force occultes. Son secret : *« une étoile particulière règne sur moi en des moments importants ; elle mêle à la réalité des choses fabuleuses auxquelles personne ne croit et qui souvent me semblent sorties du plus profond de moi-même. Mais ensuite, elles reprennent, hors de moi, une autre valeur et deviennent les symboles mystiques de ce merveilleux qui, à tout instant, dans la vie, s'offre à nos regards. »* Par son originalité puissante, il s'empare de son lecteur, l'éblouit, l'étonne, l'épouvante ou le charme. Parmi ses écrits — plusieurs ont inspiré musiciens, chorégraphes et cinéastes, *Les Fantaisies dans la manière de Callot, Casse-noisette et le roi des rats, Mademoiselle de Scudéry, Le Chat Murr, Princesse Brambilla*, qui enthousiasma Baudelaire, et les contes ci-après, dont *L'Homme au sable* (qui inspirera Freud)…

L'HOMME AU SABLE[1]

1. *L'Homme au sable* (*Der Sandmann* en allemand) a été aussi publié sous le titre *Coppelius et le Marchand de sable.*

I

NATHANAËL À LOTHAIRE

Sans doute, vous êtes tous remplis d'inquiétude, car il y a bien longtemps que je ne vous ai écrit. Ma mère se fâche, Clara pense que je vis ici dans un tourbillon de joies, et que j'ai oublié entièrement la douce image d'ange si profondément gravée dans mon cœur et dans mon âme. Mais il n'en est pas ainsi : chaque jour, à chaque heure du jour, je songe à vous tous, et la charmante figure de ma Clara passe et repasse sans cesse dans mes rêves ; ses yeux transparents me jettent de doux regards, et sa bouche me sourit comme jadis lorsque j'arrivai auprès de vous. Hélas ! comment eussé-je pu vous écrire dans la violente disposition d'esprit qui a jusqu'à présent troublé toutes mes pensées ? Quelque chose d'épouvantable a pénétré dans ma vie ! Les sombres pressentiments d'un avenir cruel et menaçant s'étendent sur moi comme des nuages noirs impénétrables aux joyeux rayons du soleil. Faut-il donc que je te dise ce qui m'arriva ? Il le faut, je le vois bien ; mais, rien qu'en y songeant, j'entends autour de moi comme des ricanements moqueurs. Ah ! mon bien-aimé Lothaire ! comment te ferai-je comprendre un peu seulement que ce qui m'arriva il y a peu de jours est de nature à troubler ma vie d'une façon terrible ? Si tu étais ici, tu pourrais voir par tes yeux ; mais maintenant tu me tiens certainement pour un visionnaire absurde. Bref, l'horrible vision que j'ai eue, et dont je cherche vainement à éviter l'influence mortelle, consiste simplement en ce qu'il y a peu de jours, à savoir le 30 octobre à midi, un marchand de baromètres entra dans ma chambre et m'offrit ses instruments. Je n'achetai rien, et je le menaçai de le précipiter du haut de l'escalier, mais il s'éloigna aussitôt.

Tu soupçonnes que des circonstances toutes particulières, et qui ont fortement marqué dans ma vie, donnent de l'importance à ce petit événement. Cela est en effet. Je rassemble toutes mes forces pour te raconter avec calme et patience quelques aventures de mon enfance, qui éclaireront toutes ces choses à ton esprit. Au moment de commencer, je te vois rire, et j'entends Clara qui dit : « Ce sont de véritables enfantillages ! » Riez, je vous en prie, riez-vous de moi du fond de votre cœur ! Je vous en supplie ! Mais, Dieu du ciel !… mes cheveux se hérissent, et il me semble que je vous conjure de vous moquer de moi, dans le délire du désespoir, comme Franz Moor conjurait Daniel[1].

Allons, maintenant, au fait. Hors les heures des repas, moi, mes frères et mes sœurs, nous voyions peu notre père. Il était fort occupé du service de sa charge. Après le souper, que l'on servait à sept heures, conformément aux anciennes mœurs, nous nous rendions tous, notre mère avec nous, dans la chambre de travail de mon père, et nous prenions place autour d'une table ronde. Mon père fumait du tabac et buvait de temps en temps un grand verre de bière. Souvent il nous racontait des histoires merveilleuses, et ses récits l'échauffaient tellement qu'il laissait éteindre sa longue pipe ; j'avais l'office de la rallumer, et j'éprouvais une grande joie à le faire. Souvent aussi il nous mettait des livres d'images dans les mains, et restait silencieux et immobile dans son fauteuil, chassant devant lui d'épais nuages de fumée qui nous enveloppaient tous comme dans des brouillards. Dans ces soirées-là, ma mère était fort triste, et à peine entendait-elle sonner neuf heures qu'elle s'écriait : « Allons, enfants, au lit… l'Homme au sable va venir. Je l'entends déjà. » En effet, chaque fois, on entendait des pas pesants retentir sur

1. Allusion à l'œuvre de Schiller, *Les Brigands*.

les marches : ce devait être l'Homme au sable. Une fois entre autres, ce bruit me causa plus d'effroi que d'ordinaire, je dis à ma mère qui nous emmenait : « Ah ! maman, qui donc est ce méchant Homme au sable qui nous chasse toujours ? Comment est-il ? — Il n'y a point d'Homme au sable, me répondit ma mère. Quand je dis : "L'Homme au sable vient", cela signifie seulement que vous avez besoin de dormir, et que vos paupières se ferment involontairement, comme si l'on vous avait jeté du sable dans les yeux. »

La réponse de ma mère ne me satisfit pas, et, dans mon imagination enfantine, je devinai que ma mère ne me niait l'existence de l'Homme au sable que pour ne pas nous effrayer. Mais je l'entendais toujours monter les marches. Plein de curiosité, impatient de m'assurer de l'existence de cet homme, je demandai enfin à la vieille servante qui avait soin de ma plus jeune sœur quel était ce personnage. « Eh ! mon petit Nathanaël, me répondit-elle, ne sais-tu pas cela ? C'est un méchant homme qui vient trouver les enfants lorsqu'ils ne veulent pas aller au lit, et qui leur jette une poignée de sable dans les yeux, à leur faire pleurer du sang. Ensuite, il les plonge dans un sac et les porte dans la pleine lune pour amuser ses petits enfants qui ont des becs tordus comme les chauves-souris, et qui leur piquent les yeux à les faire mourir. » Dès lors l'image de l'Homme au sable se grava dans mon esprit d'une façon horrible ; et le soir, dès que les marches retentissaient du bruit de ses pas, je tremblais d'anxiété et d'effroi ; ma mère ne pouvait alors m'arracher que ces paroles étouffées par mes larmes : « L'Homme au sable ! l'Homme au sable ! » Je me sauvais aussitôt dans ma chambre, et cette terrible apparition me tourmentait durant toute la nuit. J'étais déjà assez avancé en âge pour savoir que l'anecdote de la vieille servante n'était pas fort exacte, cependant l'Homme au sable restait pour moi un spectre menaçant. J'étais à peine maître de moi lorsque je l'entendais monter pour se rendre dans le cabinet de mon père. Quelquefois son absence durait longtemps ; puis ses visites devenaient plus fréquentes ; cela dura deux années. Je ne pouvais m'habituer à cette apparition étrange, et la sombre figure de cet homme inconnu ne pâlissait pas dans ma pensée. Ses rapports avec mon père occupaient de plus en plus mon esprit, et l'envie de le voir augmentait en moi avec les ans. L'Homme au sable m'avait introduit dans le champ du merveilleux, où l'esprit des enfants se glisse si facilement. Rien ne me plaisait plus que les histoires épouvantables des génies, des démons et des sorcières ; mais pour moi, dans toutes ces aventures, au milieu des apparitions les plus effrayantes et les plus bizarres, dominait toujours l'image de l'Homme au sable, que je dessinais, à l'aide de la craie et du charbon, sur les tables, sur les armoires, sur les murs, partout enfin, et toujours sous les formes les plus repoussantes.

Lorsque j'eus atteint l'âge de dix ans, ma mère m'assigna une petite chambre pour moi seul. Elle était peu éloignée de la chambre de mon père. Chaque fois qu'au moment de neuf heures l'inconnu se faisait entendre, il fallait encore nous retirer. De ma chambrette, je l'entendais entrer dans le cabinet de mon père, et, bientôt après, il semblait qu'une vapeur odorante et singulière se répandît dans la maison. La curiosité m'excitait de plus en plus à connaître cet Homme au sable. J'ouvris ma porte, et je me glissai de ma chambre dans les corridors ; mais je ne pouvais rien entendre : car l'étranger avait déjà refermé la porte. Enfin, poussé par un désir irrésistible, je résolus de me cacher dans la chambre même de mon père, pour attendre l'Homme au sable.

À la taciturnité de mon père, à la tristesse de ma mère, je reconnus un soir que l'Homme au sable devait venir. Je prétextai une fatigue extrême, et, quittant la chambre avant neuf heures, j'allai me cacher dans une petite niche pratiquée derrière la porte. La porte craqua sur ses gonds, et des pas lents, tardifs et menaçants retentirent depuis le vestibule jusqu'aux marches. Ma mère et tous les enfants se levèrent et passèrent devant moi. J'ouvris doucement, bien doucement, la porte de la chambre de mon père. Il était assis comme d'ordinaire, en silence et le dos tourné vers l'entrée. Il ne m'aperçut pas, je me glissai légèrement derrière lui, et j'allai me cacher sous le rideau qui voilait une armoire où se trouvaient appendus ses habits. Les pas approchaient de plus en plus, l'Homme toussait, soufflait et murmurait singulièrement. Le cœur me battait d'attente et d'effroi. Tout près de la porte, un pas sonore, un coup violent sur le bouton, les gonds tournent avec bruit. J'avance malgré moi la tête avec précaution, l'Homme au sable est au milieu de la chambre, devant mon père ; la lueur des flambeaux éclaire son visage ! l'Homme au sable, le terrible Homme au sable, est le vieil avocat Coppelius, qui vient quelquefois prendre place à notre table ! Mais la plus horrible figure ne m'eût pas causé plus d'épouvante que celle de ce Coppelius. Représente-toi un homme aux larges épaules, surmontées d'une grosse tête informe, un visage terne, des sourcils gris et touffus sous lesquels étincellent deux yeux verts arrondis comme ceux des chats, et un nez gigantesque qui s'abaisse brusquement sur des lèvres épaisses. Sa bouche contournée se contourne encore davantage pour former un sourire ; deux taches livides s'étendent sur ses joues, et des accents à la fois sourds et siffleurs s'échappent d'entre ses dents irrégulières. Coppelius se montrait toujours avec un habit couleur de cendre, coupé à la vieille mode, une veste et des culottes semblables ; des bas noirs et des souliers à boucles de strass complétaient cet ajustement. Sa petite perruque, qui couvrait à peine son cou, se terminait en deux boucles à boudin que supportaient ses grandes oreilles d'un rouge vif, et allait se perdre dans une large bourse noire qui, s'agitant çà et là sur son dos, laissait apercevoir la boucle d'argent qui retenait sa cravate. Toute cette figure composait un ensemble affreux et repoussant ; mais ce qui nous choquait tout particulièrement en lui, nous autres enfants, c'étaient ses grosses mains velues et osseuses ; et, dès qu'il les portait sur quelque objet, nous n'avions garde d'y toucher. Il avait remarqué ce dégoût, et il se faisait un plaisir de toucher les gâteaux ou les fruits que notre bonne mère plaçait sur nos assiettes. Il jouissait alors singulièrement en voyant nos yeux se remplir de larmes, et il se délectait de la privation que nous imposait notre dégoût pour sa personne. Il en agissait ainsi aux jours de fête, lorsque notre père nous versait un verre de bon vin. Il étendait la main, saisissait le verre qu'il portait à ses lèvres livides, et riait aux éclats de notre désespoir et de nos injures. Il avait coutume de nous appeler les petits animaux ; en sa présence il ne nous était pas permis de prononcer une parole, et nous maudissions de toute notre âme ce personnage hideux et ennemi, qui empoisonnait jusqu'à la moindre de nos joies. Ma mère semblait haïr aussi cordialement que nous le repoussant Coppelius : car, dès qu'il paraissait, sa douce gaieté et ses manières pleines d'abandon s'effaçaient pour faire place à une sombre gravité. Notre père se comportait envers lui comme si Coppelius eût été un être d'un ordre supérieur, dont on doit souffrir les écarts et qu'il faut se garder d'irriter : on ne manquait jamais de lui offrir ses mets favoris, et de déboucher en son honneur quelques flacons de réserve.

En voyant ce Coppelius, il se révéla à moi que nul autre que lui ne pouvait être l'Homme au Sable ; mais l'Homme au Sable n'était plus à ma pensée cet ogre du conte de la nourrice, qui enlève les enfants pour les porter dans la lune à sa progéniture à bec de hibou. Non ! C'était plutôt une odieuse et fantasque créature, qui, partout où elle apparaissait, portait le chagrin, le tourment et le besoin, et qui causait un mal réel, un mal durable. J'étais comme ensorcelé, ma tête restait tendue entre les rideaux, au risque d'être découvert et cruellement puni. Mon père reçut solennellement Coppelius. « Allons, à l'ouvrage ! » s'écria celui-ci d'une voix sourde, en se débarrassant de son habit. Mon père, d'un air sombre, quitta sa robe de chambre, et ils se vêtirent tous deux de longues robes noires. Je n'avais pas remarqué le lieu d'où ils les avaient tirées. Mon père ouvrit la porte d'une armoire, et je vis qu'elle cachait une niche profonde où se trouvait un fourneau. Coppelius s'approcha, et du foyer s'éleva une flamme bleue. Une foule d'ustensiles bizarres apparurent à cette clarté. Mais, mon Dieu ! quelle étrange métamorphose s'était opérée dans les traits de mon vieux père ! Une douleur violente et mal contenue semblait avoir changé l'expression honnête et loyale de sa physionomie qui avait pris une contraction satanique. Il ressemblait à Coppelius ! Celui-ci brandissait des pinces incandescentes, et attisait les charbons ardents du foyer. Je croyais apercevoir tout autour de lui des figures humaines, mais sans yeux : des cavités noires, profondes et souillées en tenaient la place. « Des yeux ! des yeux ! » s'écria Coppelius d'une voix sourde et menaçante.

Je tressaillis, et je tombai sur le parquet, violemment terrassé par une horreur puissante. Coppelius me saisit alors. « Un petit animal ! un petit animal ! » dit-il en grinçant affreusement les dents. À ces mots, il me jeta sur le fourneau, dont la flamme brûlait déjà mes cheveux. « Maintenant, s'écria-t-il, nous avons des yeux, des yeux, une belle paire d'yeux d'enfant ! » Et il prit de ses mains dans le foyer une poignée de charbons en feu qu'il se disposait à me jeter au visage, lorsque mon père lui cria, les mains jointes : « Maître ! maître ! laisse les yeux à mon Nathanaël. »

Coppelius se mit à rire d'une façon bruyante. « Que l'enfant garde donc ses yeux, et qu'il fasse son pensum dans le monde ; mais, puisque le voilà, il faut que nous observions bien attentivement le mécanisme des pieds et des mains. »

Ses doigts s'appesantirent alors si lourdement sur moi que toutes les jointures de mes membres en craquèrent, et il me fit tourner les mains, puis les pieds, tantôt d'une façon, tantôt d'une autre. « Cela ne joue pas bien partout ! cela était bien comme cela était ! le vieux de là-haut a parfaitement compris cela ! »

Ainsi murmurait Coppelius en me retournant ; mais bientôt tout devint sombre et confus autour de moi ; une douleur nerveuse agita tout mon être ; je ne sentis plus rien. Une vapeur douce et chaude se répandit sur mon visage ; je me réveillai comme du sommeil de la mort ; ma mère était penchée sur moi. « L'Homme au sable est-il encore là ? demandai-je en balbutiant. — Non, mon cher enfant, il est bien loin ; il est parti depuis longtemps, il ne te fera pas de mal ! »

Ainsi parla ma mère, et elle me baisa, et elle serra contre son cœur l'enfant chéri qui lui était rendu.

Pourquoi te fatiguerais-je plus longtemps de ces récits, mon cher Lothaire ? Je fus découvert et cruellement maltraité par ce Coppelius. L'anxiété et l'effroi m'avaient causé une fièvre ardente dont je fus malade durant quelques semaines. « L'Homme au sable est encore là. » Ce fut la première parole de ma délivrance et le signe de mon salut. Il me reste à te raconter le plus horrible instant de mon enfance, puis tu seras convaincu qu'il n'en faut pas accuser mes yeux si tout me semble décoloré dans la vie : car un nuage sombre s'est étendu au-devant de moi sur tous les objets, et ma mort seule peut-être pourra le dissiper.

Coppelius ne se montra plus, le bruit courut qu'il avait quitté la ville. Un an s'était écoulé, et, selon la vieille et invariable coutume, nous étions assis un soir à la table ronde. Notre père était fort gai et nous racontait une foule d'histoires divertissantes qui lui étaient arrivées dans les voyages qu'il avait faits pendant sa jeunesse. À l'instant où l'horloge sonna neuf heures, nous entendîmes retentir les gonds de la porte de la maison, et des pas d'une lourdeur extrême résonner depuis le vestibule jusqu'aux marches. « C'est Coppelius ! dit ma mère en pâlissant. — Oui, c'est Coppelius ! » répéta mon père d'une voix entrecoupée.

Les larmes s'échappèrent des yeux de ma mère. « Mon ami, mon ami ! s'écria-t-elle, faut-il que cela soit ? — Pour la dernière fois, répondit celui-ci. Il vient pour la dernière fois, je te le jure. Va, va-t'en avec les enfants ! bonne nuit ! »

J'étais comme pétrifié, la respiration me manquait. Me voyant immobile, ma mère me prit par le bras. « Viens, Nathanaël ! » me dit-elle. Je me laissai entraîner dans ma chambre. « Sois bien calme et dors. Dors ! » me dit ma mère en me quittant. Mais, agité par une terreur invincible, je ne pus fermer les paupières. L'horrible, l'odieux Coppelius était devant moi, les yeux étincelants ; il me souriait d'un air hypocrite, et je cherchais vainement à éloigner son image. Il était à peu près minuit lorsqu'un coup violent se fit entendre. C'était comme la détonation d'une arme à feu. Toute la maison fut ébranlée, et la porte se referma avec fracas. « C'est Coppelius ! » m'écriai-je hors de moi, et je m'élançai de mon lit. Des gémissements vinrent à mon oreille ; je courus à la chambre de mon père. La porte était ouverte, une vapeur étouffante se faisait sentir, et une servante s'écriait : « Ah ! mon maître, mon maître ! »

Devant le fourneau allumé, sur le parquet, était étendu mon père, mort, le visage déchiré. Mes sœurs, agenouillées autour de lui, poussaient d'affreuses clameurs. Ma mère était tombée sans mouvement auprès de son mari ! « Coppelius ! monstre infâme ! tu as assassiné mon père ! » m'écriai-je, et je perdis l'usage de mes sens. Deux jours après, lorsqu'on plaça le corps de mon père dans un cercueil, ses traits étaient redevenus calmes et sereins, comme ils l'étaient durant sa vie. Cette vue adoucit ma douleur, je pensai que son alliance avec l'infernal Coppelius ne l'avait pas conduit à la damnation éternelle. L'explosion avait réveillé les voisins. Cet événement fit sensation, et l'autorité, qui en eut connaissance, somma Coppelius de paraître devant elle. Mais il avait disparu de la ville sans laisser de traces.

Quand je te dirai, mon digne ami, que ce marchand de baromètres n'était autre que ce misérable Coppelius, tu comprendras l'excès d'horreur que me fit éprouver cette apparition ennemie. Il portait un autre costume ; mais les traits de Coppelius sont trop profondément empreints dans mon âme pour que je puisse les méconnaître. D'ailleurs, Coppelius n'a pas même changé de nom. Il se donne ici pour un mécanicien piémontais, et se fait nommer Giuseppe Coppola.

Je suis résolu à venger la mort de mon père, quoi qu'il en arrive. Ne parle point à ma mère de cette cruelle rencontre. Salue la charmante Clara ; je lui écrirai dans une disposition d'esprit plus tranquille.

II

CLARA À NATHANAËL

Il est vrai que tu ne m'as pas écrit depuis longtemps, mais cependant je crois que tu me portes dans ton âme et dans tes pensées : car tu songeais assurément à moi avec beaucoup de vivacité, lorsque, voulant envoyer ta dernière lettre à mon frère Lothaire, tu la souscrivis de mon nom. Je l'ouvris avec joie, et je ne m'aperçus de mon erreur qu'à ces mots : *Ah ! mon bien-aimé Lothaire !* Alors, sans doute, j'aurais dû n'en pas lire davantage et remettre la lettre à mon frère. Tu m'as quelquefois reproché en riant que j'avais un esprit si paisible et si calme que, si la maison s'écroulait, j'aurais encore la constance de remettre en place un rideau dérangé, avant que de m'enfuir ; cependant je pouvais à peine respirer, et tout semblait tourbillonner devant mes yeux. Ah ! mon bien-aimé Nathanaël ! je tremblais et je brûlais d'apprendre par quelles infortunes ta vie avait été traversée ! Séparation éternelle, oubli, éloignement de toi, toutes ces pensées me frappaient comme autant de coups de poignard. Je lus et je relus ! Ta peinture du repoussant Coppelius est affreuse. J'appris pour la première fois de quelle façon cruelle était mort ton excellent père. Mon frère, que je remis en possession de ce qui lui appartenait, essaya de me calmer, mais il ne put réussir. Ce Giuseppe Coppola était sans cesse sur mes pas, et je suis presque confuse d'avouer qu'il a troublé, par d'effroyables songes, mon sommeil toujours si profond et si tranquille. Mais bientôt, dès le lendemain déjà, tout s'était présenté à ma pensée sous une autre face. Ne sois donc point fâché contre moi, mon tendrement aimé Nathanaël, si Lothaire te dit qu'en dépit de tes funestes pressentiments au sujet de Coppelius, ma sérénité n'a pas été le moindrement altérée. Je te dirai sincèrement ma pensée. Toutes ces choses effrayantes que tu nous rapportes me semblent avoir pris naissance en toi-même : le monde extérieur et réel n'y a que peu de part. Le vieux Coppelius était sans doute peu attrayant ; mais, comme il haïssait les enfants, cela vous causa, à vous autres enfants, une véritable horreur pour lui. Le terrible Homme au sable de la nourrice se rattacha tout naturellement, dans ton intelligence enfantine, au vieux Coppelius, qui, sans que tu puisses t'en rendre compte, est resté pour toi un fantôme de tes premiers ans. Ses entrevues nocturnes avec ton père n'avaient sans doute d'autre but que de faire des expériences alchimiques, ce qui affligeait ta mère, car il en coûtait vraisemblablement beaucoup d'argent ; et ces travaux, en remplissant son époux d'un espoir trompeur, devaient le détourner des soins de sa famille. Ton père a sans doute causé sa mort par sa propre imprudence, et Coppelius ne saurait en être accusé. Croirais-tu que j'ai demandé à notre vieux voisin l'apothicaire si, dans les essais chimiques, ces explosions instantanées pouvaient donner la mort ? Il m'a répondu affirmativement, en me décrivant longuement à sa manière comment la chose pouvait se faire, et en me citant un grand nombre de mots bizarres, dont je n'ai pu retenir un seul dans ma mémoire. Maintenant tu vas te fâcher contre ta Clara. Tu diras : « Il ne pénètre dans cette âme glacée nul de ces rayons mystérieux qui embrassent souvent l'homme de leurs ailes invisibles ; elle n'aperçoit que la surface bariolée du globe, et elle se réjouit comme un fol enfant à la vue des fruits dont l'écorce dorée cache un venin mortel. »

Mon bien-aimé Nathanaël, ne penses-tu pas que le sentiment d'une puissance ennemie qui agit d'une manière funeste sur notre être ne puisse pénétrer dans les âmes riantes et sereines ? Pardonne si moi, simple jeune fille, j'entreprends d'exprimer ce que j'éprouve à l'idée d'une semblable lutte. Peut-être ne trouverai-je pas les paroles propres à peindre mes sentiments, et riras-tu, non de mes pensées, mais de la gaucherie que je mettrai à les rendre. S'il est en effet une puissance occulte qui plonge ainsi traîtreusement en notre sein ses griffes ennemies pour nous saisir et nous entraîner dans une route dangereuse que nous n'eussions pas suivie ; s'il est une telle puissance, il faut qu'elle se plie à nos goûts et à nos convenances : car ce n'est qu'ainsi qu'elle obtiendra de nous quelque créance, et qu'elle gagnera dans notre cœur la place dont elle a besoin pour accomplir son ouvrage. Que nous ayons assez de fermeté, assez de courage, pour reconnaître la route où doivent nous conduire notre vocation et nos penchants, pour la suivre d'un pas tranquille, notre ennemi intérieur périra dans les vains efforts qu'il fera pour nous faire illusion. Lothaire ajoute que la puissance ténébreuse à laquelle nous nous donnons crée souvent en nous des images si attrayantes que nous produisons nous-mêmes le principe dévorant qui nous consume. C'est le fantôme de notre propre *ñous*, dont l'influence agit sur notre âme et nous plonge dans l'enfer ou nous ravit au ciel. Je ne comprends pas bien les dernières paroles de Lothaire, et je pressens seulement ce qu'il pense ; et cependant il me semble que tout cela est rigoureusement vrai. Je t'en supplie, efface entièrement de ta pensée l'avocat Coppelius et le marchand de baromètres Giuseppe Coppola. Sois convaincu que ces figures étrangères n'ont aucune influence sur toi ; ta croyance en leur pouvoir peut seule les rendre puissantes. Si chaque ligne de ta lettre ne témoignait de l'exaltation profonde de ton esprit, si l'état de ton âme ne m'affligeait jusqu'au fond du cœur, en vérité, je pourrais plaisanter sur ton Homme au sable et ton avocat chimiste. Sois libre, esprit faible ! sois libre ! Je me suis promis de jouer auprès de toi le rôle d'ange gardien, et de bannir le hideux Coppola par un fou rire, s'il devait jamais revenir troubler tes rêves. Je ne redoute pas le moins du monde lui et ses vilaines mains, et je ne souffrirai pas qu'il me gâte mes friandises, ni qu'il me jette du sable aux yeux.

À toujours, mon bien-aimé Nathanaël.

III

NATHANAËL À LOTHAIRE

Je suis très fâché que Clara, par une erreur que ma négligence avait causée, il est vrai, ait brisé le cachet de la lettre que je t'écrivais. Elle m'a adressé une épître remplie d'une philosophie profonde, par laquelle elle me démontre explicitement que Coppelius et Coppola n'existent que dans mon cerveau, et qu'ils sont des fantômes de mon moi qui s'évanouiront en poudre dès que je les reconnaîtrai pour tels. On ne se douterait jamais que l'esprit qui scintille de ses yeux clairs et touchants, comme une aimable émanation du printemps, soit aussi intelligent et qu'il puisse raisonner d'une façon aussi méthodique ! Elle s'appuie de ton autorité. Vous avez parlé de moi ensemble ! on lui fait sans doute un cours de logique pour qu'elle voie sainement les choses et qu'elle fasse des distinctions subtiles. Renonce à cela, je t'en prie. Au reste, il est certain que le mécanicien Giuseppe Coppola n'est pas l'avocat Coppelius. J'assiste à un cours chez un professeur de physique nouvellement arrivé dans cette ville, qui est d'origine italienne et qui porte le nom du célèbre naturaliste Spalanzani. Il connaît Coppola depuis de longues années, et d'ailleurs, il est facile de reconnaître à l'accent du mécanicien qu'il est véritablement Piémontais. Coppelius était un Allemand, bien qu'il n'en eût pas le caractère. Cependant, je ne suis pas entièrement tranquillisé. Tenez-moi toujours, vous deux, pour un sombre rêveur, mais je ne puis me débarrasser de l'impression que Coppola et son affreux visage ont produite sur moi. Je suis heureux qu'il ait quitté la ville, comme l'a dit Spalanzani. Ce professeur est un singulier personnage, un homme rond, aux pommettes saillantes, le nez pointu et les yeux perçants. Mais tu le connaîtras mieux que je ne pourrais te le peindre, en regardant le portrait de Cagliostro, gravé par Chodowiecki ; tel est Spalanzani. Dernièrement, en montant à son appartement, je m'aperçus qu'un rideau, qui est ordinairement tiré sur une porte de verre, était un peu écarté. J'ignore moi-même comment je vins à regarder à travers la glace. Une femme de la plus riche taille, magnifiquement vêtue, était assise dans la chambre, devant une petite table sur laquelle ses deux mains jointes étaient appuyées. Elle était vis-à-vis de la porte, et je pouvais contempler ainsi sa figure ravissante. Elle sembla ne pas m'apercevoir, et en général ses yeux paraissaient fixes, je dirai même qu'ils manquaient des rayons visuels ; c'était comme si elle eût dormi les yeux ouverts. Je me trouvai mal à l'aise, et je me hâtai de me glisser dans l'amphithéâtre qui est voisin de là. Plus tard j'appris que la personne que j'avais vue était la fille de Spalanzani, nommée Olimpia, qu'il renfermait avec tant de rigueur que personne ne pouvait approcher d'elle. Cette mesure cache quelque mystère, et Olimpia a sans doute une imperfection grave. Mais pourquoi t'écrire ces choses ? j'aurais pu te les raconter de vive voix. Sache que, dans quinze jours, je serai près de vous autres. Il faut que je revoie mon ange, ma Clara ; alors s'effacera l'impression qui s'est emparée de moi (je l'avoue) depuis sa triste lettre si raisonnable. C'est pourquoi je ne lui écris pas aujourd'hui. Adieu.

IV

On ne saurait imaginer rien de plus bizarre et de plus merveilleux que ce qui arriva à mon pauvre ami, le jeune étudiant Nathanaël, et que j'entreprends aujourd'hui de raconter. Qui n'a, un jour, senti sa poitrine se remplir de pensées étranges ? qui n'a éprouvé un bouillonnement intérieur qui faisait affluer son sang avec violence dans ses veines et colorait ses joues d'un sombre incarnat ? Vos regards semblent alors chercher des images fantasques dans l'espace, et vos paroles s'exhalent en sons entrecoupés. En vain vos amis vous entourent et vous interrogent sur la cause de votre délire. On veut peindre avec leurs brillantes couleurs, leurs ombres et leurs vives lumières, les figures vaporeuses que l'on aperçoit, et l'on s'efforce inutilement de trouver des paroles pour rendre sa pensée. On voudrait reproduire au premier mot tout ce que ces apparitions offrent de merveilles, de magnificences, de sombres horreurs, de gaietés inouïes, afin de frapper ses auditeurs comme par un coup électrique ; mais chaque lettre vous semble glaciale, décolorée, sans vie. On cherche et l'on cherche encore, on balbutie et l'on murmure, et les questions timides de vos amis viennent frapper, comme le souffle des vents de la nuit, votre imagination brûlante qu'elles ne tardent pas à tarir et à éteindre. Mais, si, en peintre habile et hardi, on a jeté en traits rapides une esquisse de ces images intérieures, il est facile d'en ranimer peu à peu le coloris fugitif, et de transporter ses auditeurs au milieu de ce monde que notre âme a créé. Pour moi, personne, je dois l'avouer, ne m'a jamais interrogé sur l'histoire du jeune Nathanaël ; mais on sait que je suis un de ces auteurs qui, dès qu'ils se trouvent dans l'état que je viens de décrire, se figurent que ceux qui les entourent, et même le monde entier, brûlent du désir de connaître ce qu'ils ont en l'âme. La singularité de l'aventure m'avait frappé, c'est pourquoi je me tourmentais pour en commencer le récit d'une manière séduisante et originale. « Il était une fois ! » beau commencement pour assoupir dès le début. « Dans la petite ville de S…, vivait… » ou bien d'entrer aussitôt *medias in res*, comme : « Qu'il aille au diable ! s'écriait, la fureur et l'effroi peints dans ses yeux égarés, l'étudiant Nathanaël, lorsque le marchand de baromètres Giuseppe Coppola… » J'avais en effet commencé d'écrire de la sorte, lorsque je crus voir quelque chose de bouffon dans les yeux égarés de l'étudiant Nathanaël ; et vraiment l'histoire n'est nullement facétieuse. Il ne me vint sous ma plume aucune phrase qui reflétât le moins du monde l'éclat du coloris de mon image intérieure. Je résolus alors de ne pas commencer du tout. On voudra donc bien prendre les trois lettres que mon ami Lothaire a eu la bonté de me communiquer, pour l'esquisse de mon tableau que je m'efforcerai, durant le cours de mon récit, d'animer de mon mieux. Peut-être réussirai-je, comme les bons peintres de portrait, à marquer maint personnage d'une touche expressive, de manière à le faire trouver ressemblant sans qu'on ait vu l'original, à éveiller le souvenir d'un objet encore inconnu ; peut-être aussi parviendrai-je à persuader mon lecteur que rien n'est plus fantastique et plus fou que la vie réelle, et que le poète se borne à en recueillir un reflet confus, comme dans un miroir mal poli. Et, afin que l'on sache dès le commencement ce qu'il est nécessaire de savoir, je dois ajouter, comme éclaircissement à ces lettres, que, bientôt après la mort du père de Nathanaël, Clara et Lothaire, enfants d'un parent éloigné, mort aussi depuis peu, furent recueillis par la mère de Nathanaël, dans sa famille. Clara et Nathanaël se sentirent un vif penchant l'un pour l'autre, contre lequel personne sur la terre n'eut rien à opposer. Ils étaient donc fiancés l'un à l'autre, lorsque Nathanaël quitta sa ville natale pour aller terminer ses études à Gœttingue. Il se trouve là dans sa dernière lettre, et il suit des cours chez le célèbre professeur de physique Spalanzani. Maintenant, je pourrais continuer bravement mon récit, mais l'image de Clara se présente si vivement à mon esprit que je ne saurais en détourner les yeux. Ainsi m'arrivait-il toujours lorsqu'elle me regardait avec un doux sourire. Clara ne pouvait point passer pour belle : c'est ce que prétendaient tous ceux qui s'entendent d'office à juger de la beauté. Cependant les architectes louaient la pureté des lignes de sa taille, les peintres trouvaient son dos, ses épaules et son sein formés d'une façon peut-être trop chaste ; mais tous, ils étaient épris de sa ravissante chevelure, qui rappelait celle de la Madeleine de Corregio, et ne tarissaient point sur la richesse de son teint digne de Battoni. L'un d'eux, en véritable fantasque, comparait ses yeux à un lac de Ruysdaël, où se mirent l'azur du ciel, l'émail des fleurs et les feux animés du jour. Les poètes et les virtuoses allaient plus loin. « Que me parlez-vous de lac, de miroir ? disaient-ils. Pouvons-nous contempler cette jeune fille sans que son regard fasse jaillir de notre âme des chants et des harmonies célestes ? » Clara avait l'imagination vive et animée d'un enfant joyeux et innocent, un cœur de femme tendre et délicat, une intelligence pénétrante et lucide. Les esprits légers et présomptueux ne réussissaient point auprès d'elle ; car, tout en conservant sa nature silencieuse et modeste, le regard pétillant de la jeune fille et son sourire ironique semblaient leur dire : « Pauvres ombres que vous êtes, espérez-vous passer à mes yeux pour des figures nobles, pleines de vie et de sève ? » Aussi accusait-on Clara d'être froide, prosaïque et insensible ; mais d'autres, qui voyaient mieux la vie, aimaient inexprimablement cette charmante fille. Toutefois, nul ne l'aimait plus que Nathanaël, qui cultivait les sciences et les arts avec goût et énergie. Clara chérissait Nathanaël de toutes les forces de son âme ; leur séparation lui causa ses premiers chagrins.

Avec quelle joie elle se jeta dans ses bras lorsqu'il revint à la maison paternelle, comme il l'avait annoncé dans sa lettre à Lothaire. Ce que Nathanaël avait espéré arriva. Dès qu'il vit sa fiancée, il oublia et l'avocat Coppelius, et la lettre métaphysique de Clara, qui l'avait choqué ; tous ses soucis se trouvèrent effacés. Mais, cependant, Nathanaël avait dit vrai en écrivant à son ami Lothaire : la figure du repoussant Coppola avait exercé une funeste influence sur son âme. Dès les premiers jours de son arrivée, on s'aperçut que Nathanaël avait entièrement changé d'allure. Il s'abandonnait à de sombres rêveries, et se conduisait d'une façon singulière. La vie pour lui n'était plus que rêves et pressentiments ; il parlait toujours de la destinée des hommes, qui, se croyant libres, sont ballottés par les puissances invisibles et leur servent de jouet, sans pouvoir leur échapper. Il alla même plus loin, il prétendit que c'était folie que de croire à des progrès dans les arts et dans les sciences, fondés sur nos forces morales : car l'exaltation, sans laquelle on est incapable de produire, ne vient pas de notre âme, mais d'un principe extérieur dont nous ne sommes pas les maîtres. Clara éprouvait un éloignement profond pour ces idées mystiques, mais elle s'efforçait vainement de les réfuter. Seulement, lorsque Nathanaël démontrait que Coppelius était le mauvais principe qui s'était attaché à lui depuis le moment où il s'était caché derrière un rideau pour l'observer, et que ce démon ennemi troublerait leurs heureuses amours d'une manière cruelle, Clara devenait tout à coup sérieuse et disait : « Oui, Nathanaël, Coppelius est un principe ennemi qui troublera notre bonheur, si tu ne le bannis de ta pensée : sa puissance est dans ta crédulité. »

Nathanaël, irrité de voir Clara rejeter l'existence du démon, et l'attribuer à la seule faiblesse d'âme, voulut procéder à ses preuves par toutes les doctrines mystiques de la Dæmonologie ; mais Clara rompit la discussion avec humeur en l'interrompant par une phrase indifférente, au grand chagrin de Nathanaël. Celui-ci pensa alors que les âmes froides renfermaient ces mystères à leur propre insu, et que Clara appartenait à cette nature secondaire ; aussi se promit-il de ne rien négliger pour l'initier à ces secrets. Le lendemain matin, tandis que Clara préparait le déjeuner, il vint se placer près d'elle et se mit à lui lire divers passages de ses livres mystiques. « Mais, mon cher Nathanaël, dit Clara après quelques instants d'attention, que dirais-tu si je te regardais comme le mauvais principe qui influe sur mon café ? Car, si je passais mon temps à t'écouter lire et à te regarder dans les yeux, comme tu l'exiges, mon café bouillonnerait déjà sur les cendres, et vous n'auriez tous rien à déjeuner. »

Nathanaël referma le livre avec violence, et parcourut la chambre d'un air irrité. Jadis il excellait à composer des histoires agréables et animées qu'il écrivait avec art, et Clara trouvait un plaisir excessif à les entendre ; mais depuis, ses compositions étaient devenues sombres, vagues, inintelligibles, et il était facile de voir au silence de Clara qu'elle les trouvait peu agréables. Rien n'était plus mortel pour Clara que l'ennui ; dans ses regards et dans ses discours, se trahissaient aussitôt un sommeil et un engourdissement insurmontables ; et les compositions de Nathanaël étaient devenues véritablement fort ennuyeuses. Son humeur contre la disposition froide et positive de sa fiancée s'accroissait chaque jour, et Clara ne pouvait cacher le mécontentement que lui faisait éprouver le sombre et fastidieux mysticisme de son ami ; c'est ainsi qu'insensiblement leurs âmes s'éloignaient de plus en plus l'une de l'autre. Enfin, Nathanaël, nourrissant toujours la pensée que Coppelius devait troubler sa vie, en vint à le prendre pour le sujet d'une de ses poésies. Il se représenta avec Clara, liés d'un amour tendre et fidèle ; mais, au milieu de leur bonheur, une main noire s'étendait de temps en temps sur eux et leur ravissait quelqu'une de leurs joies. Enfin, au moment où ils se trouvaient devant l'autel où ils devaient être unis, l'horrible Coppelius apparaissait et touchait les yeux charmants de Clara qui s'élançaient aussitôt dans le sein de Nathanaël, où ils pénétraient avec l'ardeur de deux charbons ardents. Coppelius s'emparait de lui, et le jetait dans un cercle de feu qui tournait avec la rapidité de la tempête et l'entraînait au milieu de sourds et bruyants murmures. C'était un déchaînement, comme lorsque l'ouragan fouette avec colère les vagues écumantes qui grandissent et s'abaissent dans leur lutte furieuse, ainsi que des noirs géants à têtes blanchies. Du fond de ces gémissements, de ces cris, de ces bruissements sauvages, s'élevait la voix de Clara. « Ne peux-tu donc pas me regarder ? disait-elle. Coppelius t'a abusé, ce n'étaient pas mes yeux qui brûlaient dans ton sein, c'étaient les gouttes bouillantes de ton propre sang pris au cœur. J'ai mes yeux, regarde-moi ! » Tout à coup le cercle de feu cessa de tourner, les mugissements s'apaisèrent, Nathanaël vit sa fiancée ; mais c'était la mort décharnée qui le regardait d'un air amical avec les yeux de Clara.

En composant ce morceau, Nathanaël resta fort calme et réfléchi ; il lima et améliora chaque vers, et, comme il s'était soumis à la gêne des formes métriques, il n'eut pas de relâche jusqu'à ce que le tout fût bien pur et harmonieux. Mais, lorsqu'il eut enfin achevé sa tâche et qu'il relut ses stances, une horreur muette s'empara de lui, et il s'écria avec effroi : « Quelle voix épouvantable se fait entendre ! » Ensuite il reconnut qu'il avait réussi à composer des vers remarquables, et il lui sembla que l'esprit glacial de Clara devait s'enflammer à leur lecture, quoiqu'il ne se rendît pas bien compte de la nécessité d'enflammer l'esprit de Clara, et du désir qu'il avait de remplir son âme d'images horribles et de pressentiments funestes à leur amour. Nathanaël et Clara se trouvaient dans le petit jardin de la maison. Clara était très gaie, parce que, depuis trois jours que Nathanaël était occupé de ses vers, il ne l'avait pas tourmentée de ses prévisions et de ses rêves. De son côté, Nathanaël parlait avec plus de vivacité et semblait plus joyeux que de coutume. Clara lui dit : « Enfin, je t'ai retrouvé tout entier ; tu vois bien que nous avons tout à fait banni le hideux Coppelius ? » Nathanaël se souvint alors qu'il avait ses vers dans sa poche. Il tira aussitôt le cahier où ils se trouvaient, et se mit à les lire. Clara, s'attendant à quelque chose d'ennuyeux, comme de coutume, et se résignant, se mit à tricoter paisiblement. Mais, les nuages noirs s'amoncelant de plus en plus devant elle, elle laissa tomber son ouvrage et regarda fixement Nathanaël. Celui-ci continua sans s'arrêter, ses joues se colorèrent, des larmes coulèrent de ses yeux ; enfin, en achevant, sa voix s'éteignit, et il tomba dans un abattement profond. Il prit la main de Clara, et prononça plusieurs fois son nom en soupirant. Clara le pressa doucement contre son sein, et lui dit d'une voix grave : « Nathanaël, mon bien-aimé Nathanaël ! jette au feu cette folle et absurde histoire ! »

Nathanaël se leva aussitôt et s'écria en repoussant Clara : « Loin de moi, stupide automate ! » et il s'échappa. Clara répandit un torrent de larmes. « Ah ! s'écria-t-elle, il ne m'a jamais aimée, car il ne me comprend pas. » Et elle se mit à gémir. Lothaire entra dans le bosquet. Clara fut obligée de lui conter ce qui venait de se passer. Il aimait sa sœur de toute son âme, chacune de ses paroles excita sa fureur, et le mécontentement qu'il nourrissait contre Nathanaël et ses rêveries fit place à une indignation profonde. Il courut le trouver, et lui reprocha si durement l'insolence de sa conduite envers Clara que le fougueux Nathanaël ne put se contenir plus longtemps. Les mots de fat, d'insensé et de fantasque, furent échangés contre ceux d'âme matérielle et vulgaire. Le combat devint dès lors inévitable. Ils résolurent de se rendre le lendemain matin derrière le jardin, et de s'attaquer, selon les usages académiques, avec de courtes rapières. Ils se séparèrent d'un air sombre. Clara avait entendu une partie de ce débat ; elle prévit ce qui devait se passer. Arrivés sur le lieu du combat, Lothaire et Nathanaël venaient de se dépouiller silencieusement de leurs habits, et ils s'étaient placés vis-à-vis l'un de l'autre, les yeux étincelants d'une ardeur meurtrière, lorsque Clara ouvrit précipitamment la porte du jardin, et se jeta entre eux. « Vous me tuerez avant que de vous battre, forcenés que vous êtes ! Tuez-moi ! oh ! tuez-moi ! Voudriez-vous que je survécusse à la mort de mon frère ou à celle de mon amant ? » Lothaire laissa tomber son arme et baissa les yeux en silence ; mais Nathanaël sentit renaître en lui tous les feux de l'amour ; il revit Clara telle qu'il la voyait entrefois ; son épée s'échappa de sa main, et il se jeta aux pieds de Clara. « Pourras-tu jamais me pardonner, ô ma Clara, ma chérie, mon unique amour ? Mon frère Lothaire, oublieras-tu mes torts ? »

Lothaire s'élança dans ses bras ; il s'embrassèrent tous les trois en pleurant, et se jurèrent de rester éternellement unis par l'amour et par l'amitié. Pour Nathanaël, il lui semblait qu'il fût déchargé d'un poids immense qui l'accablait, et qu'il eût trouvé assistance contre les influences funestes qui avaient terni son existence. Après trois jours de bonheur passés avec ses amis, il repartit pour Gœttingue, où il devait séjourner un an, puis revenir pour toujours dans sa ville natale. On cacha à la mère de Nathanaël tout ce qui avait trait à Coppelius : car on savait qu'elle ne pouvait songer sans effroi à cet homme à qui elle attribuait la mort de son mari.

V

Quel fut l'étonnement de Nathanaël lorsque, voulant entrer dans sa demeure, il vit que la maison tout entière avait brûlé, et qu'il n'en restait qu'un monceau de décombres, autour desquels s'élevaient les quatre murailles nues et noircies. Bien que le feu eût éclaté dans le laboratoire du chimiste, situé au plus bas étage, les amis de Nathanaël étaient parvenus à pénétrer courageusement dans sa chambre et à sauver ses livres, ses manuscrits et ses instruments. Le tout avait été transporté dans une autre maison, où ils avaient loué une chambre dans laquelle Nathanaël s'installa. Il ne remarqua pas d'abord qu'il demeurait vis-à-vis du professeur Spalanzani, et il ne s'attacha pas beaucoup à contempler Olimpia, dont il pouvait distinctement apercevoir la figure, bien que ses traits restassent couverts d'un nuage causé par l'éloignement. Mais enfin il fut frappé de voir Olimpia rester durant des heures entières dans la même position, telle qu'il l'avait entrevue un jour à travers la porte de glace ; inoccupée, les mains posées sur une petite table et les yeux invariablement dirigés vers lui. Nathanaël s'avouait qu'il n'avait jamais vu une si belle taille ; mais l'image de Clara était dans son cœur, et il resta indifférent à la vue d'Olimpia ; seulement, de temps en temps, il jetait un regard furtif, par-dessus son compendium, vers la belle statue. C'était là tout. Un jour, il était occupé à écrire à Clara, lorsqu'on frappa doucement à sa porte. À son invitation, on l'ouvrit, et la figure repoussante de Coppola se montra dans la chambre. Nathanaël se sentit remué jusqu'au fond de l'âme ; mais, songeant à ce que Spalanzani lui avait dit au sujet de son compatriote Coppola, et à ce qu'il avait promis à sa bien-aimée touchant l'Homme au sable Coppelius, il eut honte de sa faiblesse enfantine, et il fit un effort sur lui-même pour parler avec douceur à cet étranger. « Je n'achète point de baromètres, mon cher ami, lui dit-il. Allez, et laissez-moi seul. »

Mais Coppola s'avança jusqu'au milieu de la chambre et lui dit d'une voix rauque, en contractant sa vaste bouche pour lui faire former un horrible sourire : « Vous ne voulez point de baromètres ? mais z'ai aussi à vendre des yous, des zolis youx ! — Des yeux, dis-tu ? s'écria Nathanaël hors de lui, comment peux-tu avoir des yeux ? »

Mais, en un instant, Coppola se fut débarrassé de ses tubes, et, fouillant dans une poche immense, il en tira des lunettes qu'il déposa sur la table. « Ce sont des lunettes, des lunettes pour mettre sur le nez ! Des youx ! des bons youx ! Signor ! » En parlant ainsi, il ne cessait de retirer des lunettes de sa poche, en si grand nombre que la table où elles se trouvaient, frappée par un rayon du soleil, étincela tout à coup d'une mer de feux prismatiques. Des milliers d'yeux semblaient darder des regards flamboyants sur Nathanaël ; mais il ne pouvait détourner les siens de la table ; Coppola ne cessait d'y amonceler des lunettes, et ces regards, devenant de plus en plus innombrables, étincelaient toujours davantage et formaient comme un faisceau de rayons sanglants qui venaient se perdre sur la poitrine de Nathanaël. Frappé d'un effroi sans nom, il s'élança sur Coppola, et arrêta son bras au moment où il plongeait encore une fois sa main dans sa poche pour en tirer de nouvelles lunettes, bien que toute la table en fût emcombrée. « Arrête, arrête, homme terrible ! » lui cria-t-il.

Coppola se débarrassa doucement de lui, en ricanant et en disant : « Allons, allons, ce n'est pas pour vous, signor ! Mais voici les lorgnettes, des zolies lorgnettes ! » Et en un clin d'œil il eut fait disparaître toutes les lunettes, et tiré d'une autre poche une multitude de lorgnettes de toutes les dimensions. Dès que les lunettes eurent disparu, Nathanaël redevint calme, et, songeant à Clara, il se persuada que toutes ces apparitions naissaient de son cerveau. Coppola ne fut plus à ses yeux un magicien et un spectre effrayant, mais un honnête opticien dont les instruments n'offraient rien de surnaturel ; et, pour tout réparer, il résolut de lui acheter quelque chose. Il prit donc une jolie lorgnette de poche, artistement travaillée, et, pour en faire l'essai, il s'approcha de la fenêtre. Jamais il n'avait trouvé un instrument dont les verres fussent aussi exacts et aussi bien combinés pour rapprocher les objets sans nuire à la perspective, et pour les reproduire dans toute leur exactitude. Il tourna involontairement la lorgnette vers l'appartement de Spalanzani. Olimpia était assise comme de coutume, devant la petite table, les mains jointes. Nathanaël s'aperçut alors pour la première fois de la beauté des traits d'Olimpia. Les yeux seuls lui semblaient singulièrement fixes et comme morts ; mais plus il regardait à travers la lunette, plus il semblait que les yeux d'Olimpia s'animassent de rayons humides. C'était comme si le point visuel se fût allumé subitement, et ses regards devenaient à chaque instant plus vivaces et plus brillants. Nathanaël, perdu dans la contemplation de la céleste Olimpia, était enchaîné près de la fenêtre comme par un charme. Le bruit qui se fit entendre près de lui le réveilla de son rêve. C'était Coppola qui le tirait par l'habit. « *Tre zecchini*, trois ducats », disait-il.

Nathanaël avait complètement oublié l'opticien ; il lui paya promptement le prix qu'il lui demandait. « N'est-ce pas une belle lorgnette, une belle lorgnette ? dit Coppola en laissant échapper un gros rire. — Oui, oui ! répondit Nathanaël avec humeur. Adieu, mon cher ami. Allez, allez. » Et Coppola quitta la chambre, non sans lancer un singulier regard à Nathanaël, qui l'entendit rire aux éclats, en descendant. « Sans doute il se moque de moi, parce que j'ai payé trop cher cette lorgnette ! » se dit-il.

En ce moment un soupir plaintif se fit entendre derrière lui. Nathanaël put à peine respirer, tant fut grand son effroi. Il écouta quelques instants. « Clara a bien raison de me traiter de visionnaire, dit-il enfin. Mais n'est-il pas singulier que l'idée d'avoir payé trop cher cette lorgnette à Coppola m'ait causé un sentiment d'épouvante ? » Il se remit alors à sa table pour terminer sa lettre à Clara, mais un regard jeté vers la fenêtre lui apprit qu'Olimpia était encore là ; et au même instant, poussé par une force irrésistible, il saisit la lorgnette de Coppola et ne se détacha des regards séducteurs de sa belle voisine qu'au moment où son camarade Sigismond vint l'appeler pour se rendre au cours du professeur Spalanzani. Le rideau de la porte de glace était soigneusement abaissé, il ne put voir Olimpia. Les deux jours suivants, elle se déroba également à ses regards, bien qu'il ne quittât pas un instant la fenêtre, la paupière collée contre le verre de sa lorgnette. Le troisième jour même, les rideaux des croisées s'abaissèrent. Plein de désespoir, brûlant d'ardeur et de désir, il courut hors de la ville. Partout l'image d'Olimpia flottait devant lui dans les airs ; elle s'élevait au-dessus de chaque touffe d'arbres, de chaque buisson, et elle le regardait avec des yeux étincelants, du fond des ondes claires de chaque ruisseau. Celle de Clara était entièrement effacée de son âme ; il ne songeait à rien qu'à Olimpia, et il s'écriait en gémissant : « Astre brillant de mon amour, ne t'es-tu donc levé que pour disparaître aussitôt et me laisser dans une nuit profonde ? »

VI

En rentrant dans sa demeure, Nathanaël s'aperçut qu'un grand mouvement avait lieu dans la maison du professeur. Les portes étaient ouvertes, on apportait une grande quantité de meubles ; les fenêtres des premiers étages étaient levées, des servantes affairées allaient et venaient, armées de longs balais ; et des menuisiers, des tapissiers, faisaient retentir la maison de coups de marteau. Nathanaël s'arrêta dans la rue, frappé de surprise. Sigismond s'approcha de lui, et lui dit en riant : « Eh bien, que dis-tu de notre vieux Spalanzani ? » Nathanaël lui répondit qu'il ne pouvait absolument rien dire du professeur, attendu qu'il ne savait rien sur lui, mais qu'il ne pouvait assez s'étonner du bruit et du tumulte qui régnaient dans cette maison toujours si monotone et si tranquille. Sigismond lui apprit alors que Spalanzani devait donner le lendemain une grande fête, concert et bal, et que la moitié de l'université avait été invitée. On répandait le bruit que Spalanzani laisserait paraître, pour la première fois, sa fille Olimpia, qu'il avait cachée jusqu'alors avec une sollicitude extrême à tous les yeux. Nathanaël trouva chez lui une lettre d'invitation, et se rendit, le cœur agité, chez le professeur, à l'heure fixée, lorsque les voitures commençaient à affluer et que les salons resplendissaient déjà de lumières. La réunion était nombreuse et brillante. Olimpia parut dans un costume d'une richesse extrême et d'un goût parfait. On ne pouvait se défendre d'admirer ses formes et ses traits. Ses épaules, légèrement arrondies, la finesse de sa taille qui ressemblait à celle d'une guêpe, avaient une grâce extrême, mais on remarquait quelque chose de mesuré et de raide dans sa démarche qui excita quelques critiques. On attribua cette gêne à l'embarras que lui causait le monde, si nouveau pour elle. Le concert commença. Olimpia joua du piano avec une habileté sans égale, et elle dit un air de bravoure d'une voix si claire et si argentine qu'elle ressemblait au son d'une cloche de cristal. Nathanaël était plongé dans un ravissement profond ; il se trouvait placé aux derniers rangs des auditeurs, et l'éclat des bougies l'empêchait de bien reconnaître les traits d'Olimpia. Sans être vu, il tira la lorgnette de Coppola, et se mit à contempler la belle cantatrice. Dieu ! quel fut son délire ! il vit alors que les regards pleins de désirs de la charmante Olimpia cherchaient les siens, et que les expressions d'amour de son chant semblaient s'adresser à lui. Les roulades brillantes retentissaient aux oreilles de Nathanaël comme le frémissement céleste de l'amour heureux, et, lorsque enfin le morceau se termina par un long trille qui rententit dans la salle en éclats harmonieux, il ne put s'empêcher de s'écrier dans son extase : « Olimpia ! Olimpia ! » Tous les yeux se tournèrent vers Nathanaël ; les étudiants qui se trouvèrent près de lui se mirent à rire. L'organiste de la cathédrale prit un air sombre et lui fit signe de se contenir. Le concert était terminé, le bal commença. Danser avec elle ! Avec elle ! Ce fut là le but de tous les désirs de Nathanaël, de tous ses efforts ; mais comment s'élever à ce degré de courage ? l'inviter, elle, la reine de la fête ? Cependant il ne sut lui-même comment la chose s'était faite, mais la danse avait déjà commencé lorsqu'il se trouva tout près d'Olimpia, qui n'avait pas encore été invitée, et, après avoir balbutié quelques mots, sa main se plaça dans la sienne. La main d'Olimpia était glacée, et dès cet attouchement il se sentit lui-même pénétré d'un froid mortel. Il regarda Olimpia : l'amour et le désir parlaient dans ses yeux, et alors il sentit aussitôt les artères de cette main froide battre avec violence, et un sang brûlant circuler dans ces veines glaciales. Nathanaël frémit, son cœur se gonfla d'amour ; de son bras il ceignit la taille de la belle Olimpia, et traversa avec elle la foule des valseurs. Jusqu'alors il se croyait danseur consommé et fort attentif à l'orchestre ; mais, à la régularité toute rythmique avec laquelle dansait Olimpia, et qui le mettait souvent hors de toute mesure, il reconnut bientôt combien son oreille avait jusqu'alors défailli. Toutefois, il ne voulut plus danser avec aucune autre femme, et il eût volontiers égorgé quiconque se fût approché d'Olimpia pour l'inviter. Mais cela n'arriva que deux fois, et, à la grande surprise de Nathanaël, il put danser avec elle durant toute la fête.

Si Nathanaël eût été en état de voir quelque chose outre Olimpia, il n'eût pas évité des querelles funestes : car des murmures moqueurs, des rires mal étouffés, s'échappaient de tous les groupes de jeunes gens dont les regards curieux s'attachaient à la belle Olimpia, sans qu'on pût en connaître le motif. Échauffé par la danse, par le punch, Nathanaël avait déposé sa timidité naturelle ; il avait pris place auprès d'Olimpia, et, sa main dans la sienne, il lui parlait de son amour en termes exaltés que personne ne pouvait comprendre, ni Olimpia, ni lui-même. Cependant elle le regardait invariablement dans les yeux, et, soupirant avec ardeur, elle faisait sans cesse entendre ces exclamations : « Ah ! ah ! ah ! — Ô femme céleste, créature divine, disait Nathanaël, rayon de l'amour qu'on nous promet dans l'autre vie ! Âme claire et profonde dans laquelle se mire tout mon être ! » Mais Olimpia se bornait à soupirer de nouveau et à répondre : « Ah ! ah ! »

Le professeur Spalanzani passa plusieurs fois devant les deux amants, et se mit à sourire avec satisfaction, mais d'une façon singulière, en les voyant ensemble. Cependant, du milieu d'un autre hémisphère où l'amour l'avait transporté, il sembla bientôt à Nathanaël que les appartements du professeur devenaient moins brillants ; il regarda autour de lui, et ne fut pas peu effrayé en voyant que les deux dernières bougies qui étaient restées allumées menaçaient de s'éteindre. Depuis longtemps la musique et la danse avaient cessé. « Se séparer, se séparer ! » s'écria-t-il avec douleur et dans un profond désespoir. Il se leva alors pour baiser la main d'Olimpia, mais elle s'inclina vers lui et des lèvres glacées reposèrent sur ses lèvres brûlantes ! La légende de la Morte Fiancée lui vint subitement à l'esprit, il se sentit saisi d'effroi, comme lorsqu'il avait touché la froide main d'Olimpia ; mais celle-ci le retenait pressé contre son cœur, et, dans leurs baisers, ses lèvres semblaient s'échauffer du feu de la vie. Le professeur Spalanzani traversa lentement la salle déserte ; ses pas retentissaient sur le parquet, et sa figure, entourée d'ombres vacillantes, lui donnait l'apparence d'un spectre. « M'aimes-tu ? M'aimes-tu, Olimpia ? Rien que ce mot ! M'aimes-tu ? » Ainsi murmurait Nathanaël. Mais Olimpia soupira seulement, et prononça en se levant : « Ah ! ah ! — Mon ange, dit Nathanaël, ta vue est pour moi un phare qui éclaire mon âme pour toujours ! — Ah ! ah ! » répliqua Olimpia en s'éloignant. Nathanaël la suivit ; ils se trouvèrent devant le professeur. « Vous vous êtes entretenu bien vivement avec ma fille, dit le professeur en souriant. Allons, allons, mon cher monsieur Nathanaël, si vous trouvez du goût à converser avec cette jeune fille timide, vos visites me seront fort agréables. »

Nathanaël prit congé, et s'éloigna emportant le ciel dans son cœur.

VII

Le lendemain, la fête de Spalanzani fut l'objet de toutes les conversations. Bien que le professeur eût fait tous ses efforts pour se montrer d'une façon splendide, on trouva toutefois mille choses à critiquer, et l'on s'attacha surtout à déprécier la raide et muette Olimpia, que l'on accusa de stupidité complète ; on s'expliqua par ce défaut le motif qui avait porté Spalanzani à la tenir cachée jusqu'alors. Nathanaël n'entendit pas ces propos sans colère ; mais il garda le silence, car il pensait que ces misérables ne méritaient pas qu'on leur démontrât que leur propre stupidité les empêchait de connaître la beauté de l'âme d'Olimpia. « Fais-moi un plaisir, frère, lui dit un jour Sigismond, dis-moi comment il se fait qu'un homme sensé comme toi se soit épris de cette automate, de cette figure de cire. »

Nathanaël allait éclater, mais il se remit promptement, et il répondit : « Dis-moi, Sigismond, comment il se fait que les charmes célestes d'Olimpia aient échappé à tes yeux clairvoyants, à ton âme ouverte à toutes les impressions du beau ! Mais je rends grâces au sort de ne t'avoir point pour rival, car il faudrait alors que l'un de nous tombât sanglant aux pieds de l'autre ! »

Sigismond vit bien où en était son ami ; il détourna adroitement le propos, et ajouta, après avoir dit qu'en amour on ne pouvait juger d'aucun objet : « Il est cependant singulier qu'un grand nombre de nous aient porté le même jugement sur Olimpia. Elle nous a semblé…, ne te fâche point, frère, elle nous a semblé à tous sans vie et sans âme. Sa taille est régulière, ainsi que son visage, il est vrai, et elle pourrait passer pour belle, si ses yeux lui servaient à quelque chose. Sa marche est bizarrement cadencée, et chacun de ses mouvements lui semble imprimé par des rouages qu'on fait successivement agir. Son jeu, son chant, ont cette mesure régulière et désagréable qui rappelle le jeu de la machine ; il en est de même de sa danse. Cette Olimpia est devenue pour nous un objet de répulsion, et nous ne voudrions rien avoir de commun avec elle : car il nous semble qu'elle appartient à un ordre d'être inanimés, et qu'elle fait semblant de vivre. » Nathanaël ne s'abandonna pas aux sentiments d'amertume que firent naître en lui ces paroles de Sigismond. Il répondit simplement et avec gravité : « Pour vous autres, âmes prosaïques, il se peut qu'Olimpia vous soit un être étrange. Une organisation semblable ne se révèle qu'à l'âme d'un poète ! Ce n'est qu'à moi que s'est adressé le feu de son regard d'amour ; ce n'est que dans Olimpia que j'ai retrouvé mon être. Elle ne se livre pas, comme les esprits superficiels, à des conversations vulgaires ; elle prononce peu de mots, il est vrai ; mais ce peu de mots, c'est comme l'hiéroglyphe du monde invisible, monde plein d'amour et de connaissance de la vie intellectuelle en contemplation de l'éternité. Tout cela n'a pas de sens pour vous, et ce sont autant de paroles perdues ! — Dieu te garde, mon cher camarade ! dit Sigismond avec douceur et d'un ton presque douloureux ; mais il semble que tu es en mauvais chemin. Compte sur moi, si tout... Non, je ne veux pas t'en dire davantage. »

Nathanaël crut voir tout à coup que le froid et prosaïque Sigismond lui avait voué une amitié loyale, et il lui serra cordialement la main. Nathanaël avait complètement oublié qu'il y avait dans le monde une Clara qu'il avait aimée autrefois. Sa mère, Lothaire, tous ces êtres, étaient sortis de sa mémoire ; il ne vivait plus que pour Olimpia, auprès de laquelle il se rendait sans cesse pour lui parler de son amour, de la sympathie des âmes, des affinités psychiques, toutes choses qu'Olimpia écoutait d'un air fort édifié. Nathanaël tira des profondeurs de son pupitre tout ce qu'il avait écrit autrefois, poésies, fantaisies, visions, romans, nouvelles ; ces élucubrations s'augmentaient chaque jour de sonnets et de stances recueillis dans l'air bleu ou au clair de la lune, et il lisait toutes ces choses à Olimpia, sans se fatiguer. Mais aussi il n'avait jamais trouvé un auditeur aussi admirable. Elle brodait et ne tricotait pas, elle ne regardait pas la fenêtre, elle ne nourrissait pas d'oiseau, elle ne jouait pas avec un petit chien, avec un chat favori, elle ne contournait pas un morceau de papier dans ses doigts, elle n'essayait pas de calmer un bâillement par une petite toux forcée ; bref, elle le regardait durant des heures entières, sans se reculer et sans se remuer, et son regard devenait de plus en plus brillant et animé ; seulement, lorsque Nathanaël se levait enfin, et prenait sa main pour la porter à ses lèvres, elle disait : « Ah ! ah ! » puis : « Bonne nuit mon ami. — Âme sensible et profonde ! s'écriait Nathanaël en rentrant dans sa chambre, toi seule, toi seule au monde, tu sais me comprendre ! » Il frémissait de bonheur en songeant aux rapports intellectuels qui existaient entre lui et Olimpia, et qui s'augmentaient chaque jour, et il lui semblait qu'une voix intérieure lui eût exprimé les sentiments de la charmante fille du professeur. Il fallait bien qu'il en eût été ainsi : car Olimpia ne prononçait jamais d'autres mots que ceux que j'ai cités. Mais, lorsque Nathanaël se souvenait, dans ses moments lucides (comme le matin en se réveillant, lorsque l'âme est *à jeun* d'impressions), du mutisme et de l'inertie d'Olimpia, il se consolait en disant : « Que sont les mots ? Rien que des mots ! Son regard céleste en dit plus que tous les langages. Son cœur est-il donc forcé de se resserrer dans le cercle étroit de nos besoins, et d'imiter nos cris plaintifs et misérables pour exprimer sa pensée ? » Le professeur Spalanzani parut enchanté des liaisons de sa fille avec Nathanaël, et il en témoigna sa satisfaction d'une manière non équivoque, en disant qu'il laisserait sa fille choisir librement son époux. Encouragé par ces paroles, le cœur brûlant de désirs, Nathanaël résolut de supplier, le lendemain, Olimpia de lui dire en paroles expresses ce que ses regards lui donnaient à entendre depuis si longtemps. Il chercha l'anneau que sa mère lui avait donné en le quittant, car il voulait le mettre au doigt d'Olimpia en signe d'union éternelle. Tandis qu'il se livrait à cette recherche, les lettres de Lothaire et de Clara tombèrent sous ses mains ; il les rejeta avec indifférence, trouva l'anneau, le passa à son doigt, et courut auprès d'Olimpia. Il montait déjà les degrés, et il se trouvait sous le vestibule, lorsqu'il entendit un singulier fracas. Le bruit semblait venir de la chambre d'étude de Spalanzani : un trépignement, des craquements, des coups sourds frappés contre une porte et entremêlés de malédictions et de jurements. « Lâcheras-tu ? lâcheras-tu ? infâme ! misérable ! Après y avoir sacrifié mon corps et ma vie ! — Ah ! ah ! ah ! ah ! Ce n'était pas là notre marché. Moi, j'ai fait les yeux !

— Moi, les rouages !

— Imbécile, avec tes rouages !

— Maudit chien !

— Misérable horloger !

— Éloigne-toi, Satan !

— Arrête, vil manœuvre !

— Bête infernale ! t'en iras-tu ?

— Lâcheras-tu ? »

C'était la voix de Spalanzani et celle de l'horrible Coppelius qui se mêlaient et tonnaient ensemble. Nathanaël, saisi d'effroi, se précipita dans le cabinet. Le professeur avait pris un corps de femme par les épaules, l'Italien Coppola le tenait par les pieds, et ils se l'arrachaient, et ils le tiraient d'un côté et de l'autre, luttant avec fureur pour le posséder. Nathanaël recula tremblant d'horreur en reconnaissant cette figure pour celle d'Olimpia ; enflammé de colère, il s'élança sur ces deux furieux pour leur enlever sa bien-aimée ; mais, au même instant, Coppola arracha avec vigueur le corps d'Olimpia des mains du professeur, et, le soulevant, il l'en frappa si violemment qu'il tomba à la renverse par-dessus la table, au milieu des fioles, des cornues et des cylindres, qui se brisèrent en mille éclats. Coppola mit alors le corps sur ses épaules et descendit rapidement l'escalier en riant aux éclats. On entendait les pieds d'Olimpia, qui pendaient sur son dos, frapper les degrés de bois et retentir comme une matière dure. Nathanaël resta immobile. Il n'avait vu que trop distinctement que la figure de cire d'Olimpia n'avait pas d'yeux, et que de noires cavités lui en tenaient lieu. C'était un automate sans vie. Spalanzani se débattait sur le parquet ; des éclats de verre l'avaient blessé à la tête, à la poitrine et aux bras, et son sang jaillissait avec abondance ; mais il ne tarda pas à recueillir ses forces. « Poursuis-le ! poursuis-le !... Que tardes-tu ? Coppelius, le misérable Coppelius, m'a ravi mon meilleur automate. J'y ai travaillé vingt ans... J'y ai sacrifié mon corps et ma vie !... Les rouages, la parole, tout, tout était de moi. Les yeux,... il te les avait volés. Le scélérat !... Cours après lui... rapporte-moi mon Olimpia,... en voilà les yeux... »

Nathanaël aperçut alors sur le parquet une paire d'yeux sanglants qui le regardaient fixement. Spalanzani les saisit et les lui lança si vivement qu'ils vinrent frapper sa poitrine. Le délire le saisit alors et confondit toutes ses pensées. « Hui, hui, hui !... s'écria-t-il en pirouettant. Tourne, tourne, cercle de feu !... tourne, belle poupée de bois... Allons valsons gaiement !... gaiement, belle poupée !... »

À ces mots, il se jeta sur le professeur et lui tordit le cou. Il l'eût infailliblement étranglé, si quelques personnes, attirées par le bruit, n'étaient accourues et n'avaient délivré des mains du furieux Nathanaël le professeur, dont on pansa aussitôt les blessures. Sigismond eut peine à se rendre maître de son camarade, qui ne cessait de crier d'une voix terrible : « Allons, valsons gaiement ! gaiement, belle poupée ! » et qui frappait autour de lui à coups redoublés. Enfin, on parvint à le renverser et à le garrotter. Sa parole s'affaiblit et dégénéra en un rugissement sauvage. Le malheureux Nathanaël resta en proie au plus affreux délire. On le transporta dans l'hospice des fous.

VIII

Avant que de m'occuper de l'infortuné Nathanaël, je dirai d'abord à ceux qui ont pris quelque intérêt à l'habile mécanicien et fabricant d'automates Spalanzani, qu'il fut complètement guéri de ses blessures. Il se vit toutefois forcé de quitter l'université, parce que l'histoire de Nathanaël avait produit une grande sensation, et qu'on regarda comme une insolente tromperie la conduite qu'il avait tenue en menant sa poupée de bois dans les cercles de la ville, où elle avait eu quelque succès. Les juristes trouvaient cette ruse d'autant plus punissable qu'elle avait été dirigée contre le public, et avec tant de finesse qu'à l'exception de quelques étudiants profonds, personne ne l'avait devinée, bien que, depuis, chacun se vantât d'avoir conçu quelques soupçons. Les uns prétendaient avoir remarqué qu'Olimpia éternuait plus souvent qu'elle ne bâillait, ce qui choque tous les usages. C'était, disait-on, le résultat du mécanisme intérieur qui craquait alors d'une manière distincte. À ce sujet, le professeur de poésie et d'éloquence prit une prise, frappa sur sa tabatière, et dit solennellement : « Vous n'avez pas trouvé le point où gît la question, Messieurs. Le tout est une allégorie, une métaphore continuée. Me comprenez-vous ? *Sapienti sat !* » Mais un grand nombre de gens ne se contentèrent pas de cette explication. L'histoire de l'automate avait jeté de profondes racines dans leur âme, et il se glissa en eux une affreuse méfiance envers les figures humaines. Beaucoup d'amants, afin d'être bien convaincus qu'ils n'étaient pas épris d'un automate, exigèrent que leurs maîtresses dansassent hors de mesure et chantassent un peu faux ; ils voulurent qu'elles se missent à tricoter lorsqu'ils leur faisaient la lecture, et, avant toute chose, ils exigèrent d'elles qu'elles parlassent quelquefois *réellement*, c'est-à-dire que leurs paroles exprimassent quelquefois des sentiments et des pensées, ce qui fit rompre la plupart des liaisons amoureuses. Coppola avait disparu avant Spalanzani.

Nathanaël se réveilla un jour comme d'un rêve pénible et profond. Il ouvrit les yeux et se sentit ranimé par un sentiment de bien-être infini, par une douce et céleste chaleur. Il était couché dans sa chambre, dans la maison de son père ; Clara était penchée sur son lit, auprès duquel se tenaient sa mère et Lothaire. « Enfin, enfin, mon bien-aimé Nathanaël ! tu nous es donc rendu ! »

Ainsi parlait Clara d'une voie attendrie, en serrant dans ses bras son Nathanaël dont les larmes coulèrent en abondance. « Ma Clara ! ma Clara ! » s'écria-t-il, saisi de douleur et de ravissement.

Sigismond, qui avait fidèlement veillé près de son ami, entra dans la chambre. Nathanaël lui tendit la main. « Mon camarade, mon frère, lui dit-il, tu ne m'as donc pas abandonné ! »

Toutes les traces de la folie avaient disparu, et bientôt les soins de sa mère, de ses amis et de sa bien-aimée lui rendirent toutes ses forces. Le bonheur avait reparu dans cette maison. Un vieil oncle auquel personne ne songeait était mort, et avait légué à la mère de Nathanaël une propriété étendue, située dans un lieu pittoresque, à une petite distance de la ville. C'est là qu'ils voulaient tous se retirer, la mère, Nathanaël avec sa Clara qu'il devait épouser, et Lothaire. Nathanaël était devenu plus doux que jamais ; il avait retrouvé la naïveté de son enfance, et il appréciait bien alors l'âme pure et céleste de Clara. Personne ne lui rappelait, par le plus léger souvenir, ce qui s'était passé. Lorsque Sigismond s'éloigna, Nathanaël lui dit seulement : « Par Dieu, frère, j'étais en mauvais chemin ; mais un ange m'a ramené à temps sur la route du ciel ! cet ange, c'est Clara ! » Sigismond ne lui en laissa pas dire davantage de crainte de le ramener à des idées fâcheuses. Le temps vint où ces quatre êtres heureux devaient aller habiter leur domaine champêtre. Dans la journée, ils parcoururent ensemble les rues de la ville pour faire quelques emplettes. La haute tour de la maison de ville jetait son ombre gigantesque sur le marché. « Si nous montions là-haut pour contempler encore une fois nos belles montagnes », dit Clara. Ce qui fut dit fut fait. Nathanaël et Clara montèrent ; la mère retourna au logis avec la servante, et Lothaire, peu désireux de gravir tant de marches, resta au bas du clocher. Bientôt les deux amants se trouvèrent près l'un de l'autre, sur la plus haute galerie de la tour, et leurs regards plongèrent dans les bois parfumés, derrière lesquels s'élevaient les montagnes bleues, comme des villes de géants. « Vois donc ce singulier bouquet d'arbres qui semble s'avancer vers nous ! » dit Clara. Nathanaël fouilla machinalement dans sa poche ; il y trouva la lorgnette de Coppelius. Il la porta à ses yeux et vit l'image de Clara ! Ses artères battirent avec violence, des éclairs pétillaient de ses ycux, et il se mit à mugir comme une bête féroce ; puis il fit vingt bonds dans les airs, et s'écria en riant aux éclats : « Belle poupée ! valse gaiement ! gaiement, belle poupée ! » Saisissant alors Clara avec force, il voulut la précipiter du haut de la galerie ; mais, dans son désespoir, Clara s'attacha nerveusement à la balustrade. Lothaire entendit les éclats de rire du furieux Nathanaël, il entendit les cris d'effroi de Clara ; un horrible pressentiment s'empara de lui, il monta rapidement ; la porte du second escalier était fermée. Les cris de Clara augmentaient sans cesse. Éperdu de rage et d'effroi, il poussa si violemment la porte qu'elle céda enfin. Les cris de Clara devenaient de plus en plus faibles : « Au secours !... sauvez-moi, sauvez-moi !... » Ainsi se mourait sa voix dans les airs. « Elle est morte, assassinée par ce misérable ! » s'écriait Lothaire. La porte de la galerie était également fermée. Le désespoir lui donna des forces surnaturelles, il la fit sauter de ses gonds. Dieu du ciel ! Clara était balancée dans les airs hors de la galerie par Nathanaël ; une seule de ses mains serrait encore les barreaux de fer du balcon. Rapide comme l'éclair, Lothaire s'empare de sa sœur, l'attire vers lui, et, frappant d'un coup vigoureux Nathanaël au visage, il le force de se dessaisir de sa proie. Lothaire se précipita rapidement jusqu'au bas des marches, emportant dans ses bras sa sœur évanouie. Elle était sauvée. Nathanaël, resté seul sur la galerie, la parcourait en tous sens et bondissait dans les airs en s'écriant : « Tourne, cercle de feu ! tourne ! » La foule s'était assemblée à ses cris, et, du milieu d'elle, on voyait Coppelius qui dépassait ses voisins de la hauteur des épaules. On voulut monter au clocher pour s'emparer de l'insensé ; mais Coppelius dit en riant : « Ah ! ah ! attendez un peu, il descendra tout seul ! » Et il se mit à regarder comme les autres. Nathanaël s'arrêta tout à coup, immobile. Il se baissa, regarda Coppelius, et s'écria d'une voix perçante : « Ah ! des beaux youx ! des jolis youx ! » Et il se précipita par-dessus la galerie. Dès que Nathanaël se trouva étendu sur le pavé, la tête brisée, Coppelius disparut.

On assure que, quelques années après, on vit Clara dans une contrée éloignée, assise devant une jolie maison de plaisance qu'elle habitait. Près d'elle étaient son heureux mari et trois charmants enfants. Il faudrait en conclure que Clara trouva enfin le bonheur domestique que lui promettait son âme sereine et paisible, et que n'eût jamais pu lui procurer le fougueux et exalté Nathanaël.

BONHEUR AU JEU[1]

1. *Bonheur au jeu*, en allemand *Spieler-Glück*, a été aussi traduit sous le titre la *Banque de pharaon.*

I

Dans l'automne de l'année 182., les eaux de Pyrmont étaient plus visitées que jamais. De jour en jour l'affluence des riches étrangers augmentait, et excitait l'ardeur des spéculateurs de toute espèce qui abondent dans ces sortes de lieux. Les entrepreneurs de la banque du pharaon ne restèrent pas en arrière et étalèrent sur leur tapis vert des masses d'or, afin d'attirer les dupes que l'éclat du métal séduit infailliblement, comme l'attrait dont se sert le chasseur pour prendre une proie crédule.

On n'ignore pas que dans la saison des bains, pendant ces réunions de plaisir où chacun s'est arraché à ses habitudes, on s'abandonne à l'oisiveté, et que le jeu devient une passion presque irrésistible. Il n'est pas rare de voir des gens qui n'ont jamais touché les cartes, attachés sans relâche à la table verte et se perdre dans les combinaisons hasardeuses du jeu. Le bon ton qui veut que l'on risque chaque soir quelques pièces d'or ne contribue pas peu non plus à entretenir cette passion fatale.

Un jeune baron allemand, que nous nommerons Siegfried, faisait seul exception à cette règle générale. Quand tout le monde courait au jeu, et qu'il perdait ainsi tout moyen d'entretenir une conversation agréable, il se retirait dans sa chambre avec un livre, ou il allait se promener dans la campagne et admirer la nature, qui est si belle dans ce pays enchanté.

Siegfried était jeune, indépendant, riche, d'un aspect noble, d'un visage agréable, et il ne pouvait manquer d'être aimé et d'avoir quelques succès auprès des femmes. Une étoile heureuse semblait planer sur lui et le guider dans tout ce qu'il entreprenait. On parlait de vingt affaires de cœur, toutes fort aventureuses, qui s'étaient dénouées pour lui de la manière la plus agréable et la plus inattendue ; on racontait surtout l'histoire d'une montre, qui témoignait de sa prospérité continuelle. Siegfried, fort jeune et encore en voyage, s'était trouvé dans un tel dénuement d'argent que, pour continuer sa route, il avait été forcé de vendre sa montre richement garnie de brillants. Il était tout disposé à donner ce précieux bijou pour une somme fort minime, lorsqu'il arriva dans l'hôtel où il se trouvait un jeune prince qui cherchait à acheter un objet de ce genre, et qui paya la montre de Siegfried au-delà de sa valeur. Un an s'était écoulé, et Siegfried, devenu majeur, était en possession de sa fortune, lorsqu'il apprit, par les papiers publics, qu'une montre était mise en loterie. Il prit un lot qui lui coûta une bagatelle et gagna la montre qu'il avait vendue. Peu de temps après il l'échangea contre un anneau de diamants. Plus tard il servit le prince de S… en qualité de chambellan : celui-ci, voulant le récompenser de son zèle, lui fit présent de la même montre et d'une chaîne précieuse.

Cette aventure fit d'autant plus remarquer l'opiniâtreté de Siegfried qu'il se refusait à toucher une carte, lui à qui la fortune souriait sans cesse ; et l'on fut bientôt d'accord sur le jugement qu'on porta du baron, qui ternissait, disait-on, par une avarice extrême toutes ses brillantes qualités, et qui redoutait jusqu'à la moindre perte. On ne réfléchit nullement que la conduite du baron éloignait de lui tout soupçon d'avarice ; et, comme il arrive d'ordinaire, l'opinion défavorable prévalut promptement, et s'attacha irrévocablement à sa personne.

Le baron apprit bientôt ce qu'on disait de lui, et, généreux et libéral comme il l'était, il résolut, quelque répugnance que lui inspirât le jeu, de se défaire, au moyen de quelques centaines de louis d'or, des soupçons fâcheux qui s'élevaient contre lui. Il se rendit à la salle de jeu avec le ferme dessein de perdre la somme considérable qu'il avait apportée. Mais le même bonheur qui s'attachait partout à ses pas lui fut encore fidèle. Chaque carte sur laquelle tombait son choix se couvrait d'or. Les calculs des joueurs les plus exercés échouaient contre le jeu du baron. Il avait beau quitter les cartes, en reprendre d'autres, toujours le gain était de son côté. Le baron donna le rare et curieux spectacle d'un joueur qui se désespère parce que la chance le favorise, et on lisait clairement sur les visages qui l'entouraient qu'on le regardait comme un insensé de défier si longtemps la fortune et de s'irriter contre ses faveurs.

Le gain immense du baron l'obligeait en quelque sorte à continuer de jouer, et il s'attendait à reperdre enfin tout ce qu'il avait gagné ; mais il n'en fut pas ainsi, et son étoile l'emporta. Son bonheur allait toujours croissant, et, sans qu'il le remarquât lui-même, le baron trouvait de plus en plus quelque jouissance dans ce jeu du pharaon, qui dans sa simplicité offre les combinaisons les plus chanceuses.

Il ne se montra plus mécontent de sa fortune ; le jeu absorba toute son attention et le retint toutes les nuits. Il n'était pas entraîné par le gain, mais par le jeu même, enchaîné par ce charme particulier dont ses amis lui avaient souvent parlé, et qu'il n'avait jamais pu comprendre.

Dans une de ces nuits-là, en levant les yeux au moment où le banquier achevait une taille, il aperçut un homme âgé qui s'était placé vis-à-vis de lui, et dont les regards tristes et sévères ne le quittaient pas un instant ; et, chaque fois que le baron cessait de jouer, son regard rencontrait l'œil sombre de l'étranger, qui lui causait une sensation dont il ne pouvait se défendre. Lorsque le jeu fut terminé, l'étranger quitta la salle. Dans la nuit suivante, il se retrouva en face du baron, et dirigea de nouveau sur lui, d'une façon invariable, ses regards de fantôme. Le baron se contint encore ; mais, lorsqu'à la troisième nuit l'étranger reparut encore devant lui, Siegfried éclata. « Monsieur, s'écria-t-il, je dois vous prier de choisir une autre place : vous gênez mon jeu. »

L'étranger s'inclina en souriant d'un air douloureux ; puis il quitta la table et la salle sans prononcer une parole.

Mais, la nuit suivante, l'étranger se trouvait encore devant le baron, et le pénétrait de ses regards sombres.

Siegfried se leva dans une fureur dont il n'était pas maître. « Monsieur, dit-il, si vous vous faites un plaisir de me regarder de la sorte, veuillez choisir un autre temps et un autre lieu ; mais, pour le moment… »

Un signe de la main, un doigt dirigé vers la porte, en dirent plus que les rudes paroles que le baron s'était abstenu de prononcer.

Et, comme la nuit précédente, s'inclinant, et avec le même sourire, l'étranger s'éloigna lentement.

Agité par le jeu, par le vin qu'il avait bu, par le souvenir de sa scène avec l'étranger, Siegfried ne put dormir. Le jour paraissait déjà, et la figure de cet homme n'avait pas encore cessé de se retracer à ses yeux. Il voyait ce visage expressif, profondément dessiné et chargé de soucis, ces yeux creux et pleins de tristesse, qui le regardaient sans cesse, et ce vêtement misérable, sous lequel se trahissait l'air noble d'un homme de bonne naissance, et la douloureuse résignation avec laquelle il s'était éloigné de la salle ! « Non, s'écria Siegfried, j'ai eu tort, j'ai eu grand tort ! Est-il donc dans ma nature de tempêter comme un écolier malappris, d'offenser des gens qui ne m'ont donné nul sujet de plainte ? » Le baron en vint à se convaincre que cet homme l'avait contemplé dans le sentiment le plus poignant du contraste qui existait entre eux : lui peut-être courbé sous la misère, et le baron risquant follement sur une carte des monceaux d'or. Il résolut de le chercher le lendemain et de réparer la faute qu'il avait commise envers lui.

Le hasard voulut que la première personne que le baron rencontra en se promenant sur les allées de la place fût justement l'étranger.

Le baron s'approcha de lui, le pria avec instance d'excuser sa conduite de la veille, et finit par lui demander formellement pardon. L'étranger répondit qu'il n'avait rien à pardonner, qu'il fallait passer beaucoup de choses aux joueurs perdus dans l'ardeur du jeu, et qu'au reste il s'était lui-même attiré les paroles un peu vives qui avaient été prononcées, en se tenant obstinément à une place où il devait gêner le baron.

Le baron alla plus loin ; il dit que, souvent dans la vie, il était des circonstances embarrassantes où l'homme le mieux né se trouvait dans une situation critique, et il lui donna à comprendre qu'il était disposé à employer une partie de l'argent qu'il avait gagné à soulager la misère de l'étranger. « Monsieur, répondit celui-ci, vous me prenez pour un homme nécessiteux ; je ne le suis pas absolument ; et, bien que plus pauvre que riche, ce que j'ai suffit à ma modeste manière de vivre. Au reste, vous conviendrez que si, croyant m'avoir offensé, vous vouliez réparer votre offense par un peu d'argent, il me serait impossible d'accepter cette sorte de réparation… — Je crois vous comprendre, dit le baron, et je suis prêt à vous donner toutes les satisfactions que vous demanderez. — Ô Ciel ! s'écria l'étranger : Qu'un combat entre nous deux serait inégal ! Je suis persuadé que, comme moi, vous ne regardez pas un duel comme un jeu d'enfant, et que vous ne pensez pas que deux gouttes de sang ou une égratignure suffisent pour réparer l'honneur outragé. Il est des cas où il devient impossible que deux hommes existent ensemble sur cette terre, dût l'un vivre au Caucase et l'autre au Tibre : car il n'est pas de réparation tant que la pensée se porte vers l'objet haï. Alors le duel décide qui des deux fera place à l'autre sur la terre ; il est légitime et nécessaire. Entre nous deux, comme je viens de vous le dire, le combat serait inégal, car ma vie est loin de valoir la vôtre. Si vous succombez, je détruis un monde entier d'espérances ; et moi, si je péris, vous aurez terminé une vie pleine d'angoisses, une existence déjà détruite, qui n'est plus qu'un long souvenir cruel et déchirant. Mais le principal est que je ne me tiens pas pour offensé. Vous m'avez dit de sortir, et je suis sorti. »

L'étranger prononça ces derniers mots d'un ton qui trahissait un ressentiment intérieur. Ce fut un motif pour le baron de s'excuser de nouveau en disant qu'il ignorait comment il s'était fait que le regard de l'étranger pût pénétrer assez profondément dans son âme pour le mettre hors d'état de supporter sa vue. « Puisse mon regard pénétrer assez profondément en vous pour vous éclairer sur le danger que vous courez ! Vous vous avancez au bord du gouffre avec toute la joie et l'étourderie de la jeunesse ; un seul coup peut vous y précipiter sans retour. En un mot, vous êtes sur le point de devenir un joueur passionné. »

Le baron prétendit que l'étranger se trompait complètement. Il lui raconta les circonstances qui l'avaient amené à jouer, et il lui dit que, lorsqu'il serait parvenu à se défaire de deux ou trois cents louis qu'il voulait perdre, il cesserait entièrement de ponter. Mais jusqu'alors il avait eu un bonheur désespérant.

« Hélas ! s'écria l'étranger, ce bonheur est l'appât le plus terrible que vous offrent les puissances infernales. Ce bonheur avec lequel vous jouez, Baron, la manière dont vous avez débuté, toute votre conduite au jeu, qui ne montre que trop combien peu à peu vous y prenez d'intérêt, tout, tout me rappelle l'affreuse destinée d'un malheureux qui, semblable à vous en beaucoup de choses, commença ainsi que vous. Voilà pourquoi je ne pouvais détacher de vous mes regards ; voilà tout ce que mes yeux devaient exprimer ! "Voyez les démons qui étendent déjà leurs griffes pour vous entraîner au fond des enfers !" aurais-je voulu vous crier. Je désirais faire votre connaissance ; j'ai du moins réussi. Apprenez l'histoire de ce malheureux ; peut-être parviendrai-je à vous convaincre que le danger dont je voudrais vous défendre n'est pas un rêve de mon imagination. » L'étranger s'assit sur un banc, fit signe au baron de prendre place, et commença en ces termes.

II

« Les mêmes qualités brillantes qui vous distinguent, Monsieur le baron, dit l'étranger, valurent au chevalier de Ménars l'estime et l'admiration des hommes, et le rendirent le favori des femmes. Seulement en ce qui concerne la fortune, le sort ne l'avait pas autant favorisé que vous. Il était presque pauvre, et ce ne fut que par la vie la plus réglée qu'il parvint à paraître dans le monde avec l'apparence qui convenait au descendant d'une noble famille. Comme la perte la plus légère pouvait troubler sa manière de vivre, il s'abstenait entièrement de jouer ; et en cela il ne faisait aucun sacrifice, car il n'avait jamais éprouvé de penchant pour cette passion. Au reste, tout ce qu'il entreprenait réussissait d'une façon toute particulière, et le bonheur du chevalier de Ménars avait passé en proverbe.

Une nuit, contre sa coutume, il se laissa entraîner dans une maison de jeu. Les amis qu'il accompagnait se livrèrent sans réserve à toutes les chances du hasard.

Sans prendre part à ce qui se passait, perdu dans de tout autres pensées, le chevalier se promenait de long en large dans la salle, jetant les yeux tantôt sur les joueurs, tantôt sur une table de jeu où l'or affluait de toutes parts vers les masses du banquier. Tout à coup, un vieux colonel aperçut le chevalier et s'écria à haute voix : « Par tous les diables, le chevalier de Ménars est ici avec son bonheur, et nous ne pouvons rien gagner, puisqu'il ne se déclare ni pour le banquier ni pour les joueurs ; mais cela ne durera pas plus longtemps, il faut qu'il ponte tout à l'heure avec moi ! »

Le chevalier eut beau alléguer sa maladresse, son manque total d'expérience, le colonel persista opiniâtrement, et Ménars se vit forcer de prendre place à la table de jeu.

Il arriva au chevalier justement ce qui vous est arrivé. Monsieur le baron. Chaque carte lui apportait une faveur de la fortune, et bientôt il eut gagné une somme considérable pour le colonel, qui ne pouvait se lasser de se réjouir d'avoir mis à profit l'heureuse étoile du chevalier de Ménars.

Le bonheur du chevalier, qui causait la surprise de tous les assistants, ne fit pas la moindre impression sur lui-même ; il le sentait moins que son aversion pour le jeu ; et le lendemain, lorsqu'il ressentit les suites de la fatigue de cette nuit, passée sans sommeil, dans une tension d'esprit extrême, il se promit de ne jamais visiter une maison de jeu, à quelque condition que ce fût.

Il se sentit encore affermir dans cette résolution par la conduite du vieux colonel, qui jouait de la façon la plus malheureuse dès qu'il prenait les cartes lui-même, et dont l'humeur se porta sur le chevalier. Il le pressa de la manière la plus vive de ponter de nouveau pour lui, ou du moins de se tenir auprès de lui tandis qu'il tenait les cartes, afin d'éloigner le démon fâcheux que sa présence faisait disparaître : on sait qu'il ne règne nulle part plus que parmi les joueurs de ces espèces de superstitions ; et le chevalier ne put se débarrasser de cet importun qu'en lui déclarant qu'il aimerait mieux se battre avec lui que de jouer de nouveau.

Il ne pouvait manquer d'arriver que cette histoire courût de bouche en bouche, et qu'on y ajoutât vingt circonstances merveilleuses ; mais comme, en dépit de son bonheur, le chevalier persistait à ne pas toucher une carte, on ne put se refuser à rendre hommage à la fermeté de son caractère et à lui accorder toute l'estime que méritait cette belle conduite.

Un an s'était écoulé, lorsque le chevalier se trouva tout à coup dans l'embarras le plus cruel par l'interruption inattendue de la petite annuité qui servait à le faire vivre. Il se vit forcé de découvrir sa situation à un de ses plus fidèles amis, qui vint aussitôt à son aide, mais qui le traita en même temps d'homme bizarre et d'original sans pareil.

« Le destin, lui dit-il, nous indique toujours par quelque signe la route où nous trouverons notre salut ; c'est notre indolence seule qui nous empêche d'observer ces signes et de les comprendre. La puissance suprême qui nous régit a clairement fait entendre sa voix à ton oreille ; elle t'a dit : « Veux-tu acquérir de l'or et des biens ? va et joue ; autrement, reste pauvre, besogneux et dépendant. »

Ce fut en ce moment que la pensée du bonheur qui l'avait si grandement favorisé au pharaon se représenta vivement à son esprit ; durant tout le jour, la nuit dans ses rêves, il ne vit plus que des cartes, il n'entendit plus que la voix monotone du banquier qui répétait : *Gagne, perd* ; à ses oreilles retentissait sans relâche le tintement des pièces d'or.

« Il est vrai pourtant, se disait-il à lui-même, il est vrai qu'une seule nuit comme celle-là me tirerait de la misère, m'arracherait à l'affreuse inquiétude d'être toujours à charge à mes amis ; c'est le devoir qui m'ordonne d'écouter la voix du destin ! »

L'ami qui lui avait conseillé de jouer s'offrit à l'accompagner à la maison de jeu et lui donna vingt louis d'or pour essayer de tenter la fortune.

Si jadis, en pontant pour le vieux colonel, le chevalier avait joué avec éclat, cette fois ce fut une suite de chances inouïes. Les pièces d'or qu'il avait gagnées s'élevaient en monceaux autour de lui. Dans le premier moment il crut rêver, il se frotta les yeux, saisit la table et la rapprocha de lui. Mais, lorsqu'il vit bien clairement ce qui était arrivé, lorsqu'il nagea dans l'or, lorsqu'il compta et recompta son gain avec délices, une volupté dévorante s'empara pour la première fois de son être, et ce fut fait de la pureté d'âme qu'il avait conservée si longtemps !

Il eut à peine la patience d'attendre la nuit pour revenir à la table de jeu. Son bonheur fut le même ; et en peu de semaines, durant lesquelles il joua toutes les nuits, il eut gagné une somme immense.

Il est deux sortes de joueurs. Aux uns, le jeu même, comme jeu, procure un plaisir secret et indicible, et ils en jouissent sans songer au gain. Les singuliers enchaînements du hasard se développent dans le jeu le plus bizarre ; la cohorte des puissances invisibles semble planer au-dessus de vous ; il semble qu'on entende le battement de leurs ailes, et l'on brûle de pénétrer dans cette région inconnue pour contempler les rouages de cette machine dont on sent l'influence, et parcourir ces ateliers célestes où s'élaborent les chances de la destinée des hommes. J'ai connu un homme qui jouait jour et nuit, seul dans sa chambre, et qui pontait contre lui-même ; celui-là, à mon avis, était un joueur véritable. D'autres n'ont que le gain devant les yeux ; ils regardent le jeu comme un moyen de s'enrichir promptement. Le chevalier se rangea dans cette classe ; et il confirma en cela l'opinion que la passion plus profonde du jeu tient à la nature individuelle, et qu'elle naît avec celui qui la possède.

Le cercle dans lcquel se tiennent les joueurs lui parut bientôt trop restreint. Il établit une banque avec les sommes considérables qu'il avait gagnées ; et la fortune lui fut si fidèle qu'en peu de temps il se trouva à la tête de la plus riche banque de Paris. La vie sombre et emportée du joueur anéantit bientôt tous les avantages physiques et intellectuels qui avaient acquis au chevalier tant d'amour et d'estime. Il cessa d'être un ami fidèle, un cavalier spirituel et agréable, un adorateur empressé des dames. Son ardeur pour les sciences et pour les arts ne tarda pas à s'éteindre, et sur ses traits pâles et morts, dans ses yeux fixes et creusés, on lut distinctement l'expression de la passion funeste qui le dévorait. Ce n'était pas l'ardeur du jeu, c'était l'odieuse soif de l'or que Satan avait allumée dans son âme ; et, pour le peindre en un mot, il devint le banquier le plus accompli qui eût jamais existé.

III

Une nuit, le chevalier, sans éprouver une perte considérable, vit son bonheur fléchir un instant. Ce fut alors qu'un petit homme vieux et sec, vêtu d'une façon misérable et d'un aspect presque repoussant, s'approcha de la table de jeu, prit une carte d'une main tremblante, et la couvrit d'une pièce d'or. Plusieurs des joueurs regardaient le vieillard avec un étonnement profond et le traitaient avec un mépris marqué sans qu'il parût s'en émouvoir, sans qu'il prononçât une parole pour s'en plaindre.

Le vieillard perdit. Il perdit une mise après l'autre ; mais plus sa perte s'augmentait, plus les autres joueurs paraissaient s'en réjouir. Lorsque le vieillard, doublant toujours ses mises, eut enfin perdu cinquante louis sur une carte, l'un d'eux s'écria en riant aux éclats : « Bonne chance, Signor Vertua ! ne perdez pas courage ; continuez de ponter, vous prenez le chemin de la fortune, et vous ne tarderez pas à faire sauter la banque ! »

Le vieillard jeta un regard de basilic sur le railleur et disparut promptement ; mais une demi-heure après il revint les poches remplies d'or. Cependant, aux dernières tailles, le vieillard fut forcé de s'arrêter, car il avait déjà perdu tout l'or qu'il avait apporté.

Le dédain et le mépris qu'on témoignait au vieillard avaient fort indisposé le chevalier, que sa vie désordonnée n'avait pas entièrement rendu étranger aux bienséances. Ce lui fut un motif de faire une remontrance à ceux des joueurs qui se trouvaient encore dans la salle après le départ du vieillard.

« Vous ne connaissez pas le vieux Francesco Vertua, Chevalier, s'écria l'un d'eux ; sans cela, loin de blâmer notre conduite, vous l'approuveriez hautement. Apprenez donc que ce Vertua, Napolitain de naissance, s'est montré, depuis quinze ans qu'il est à Paris, le ladre le plus horrible qu'on y ait jamais vu. Tout sentiment humain lui est inconnu : il verrait son propre père expirer à ses pieds qu'il ne donnerait pas un louis d'or pour le sauver. Les malédictions d'une multitude de familles, qu'il a ruinées par ses spéculations infernales, le poursuivent. Il est haï de tous ceux qui le connaissent, et chacun le voue à la vengeance du Ciel. Jamais on ne l'a vu jouer, et vous pouvez comprendre l'étonnement que nous avons éprouvé en le voyant entrer dans cette maison. N'eût-il pas été bien malheureux qu'un tel homme gagnât notre mise ? La richesse de votre banque l'a attiré vers vous, Chevalier, et il a perdu lui-même ses plumes. Mais jamais le vieil avare ne reviendra ; nous sommes débarrassés de lui pour toujours. »

Cette prédiction ne se réalisa pas, car la nuit suivante Vertua se retrouvait déjà à la banque du chevalier, où il perdit beaucoup plus que la veille. Mais il resta calme, souriant quelquefois d'un air d'ironie amère, comme s'il eût prévu que tout devait bientôt changer. Mais la perte du vieillard grossit de nuit en nuit comme une avalanche, jusqu'à ce qu'enfin on en vint à compter qu'il avait laissé à la banque trente mille louis d'or. Une fois, le jeu était commencé depuis longtemps ; il entra pâle et défait, et se plaça loin de la table, les yeux fixés sur les cartes que tirait le chevalier. Enfin, lorsque le chevalier eut mêlé les cartes, et au moment où il se disposait à commencer une nouvelle taille, le vieillard s'écria d'une voix qui fit tressaillir tous ceux qui l'entouraient : « Arrêtez ! » Repoussant alors la foule des joueurs, il se fit jour jusqu'au chevalier et lui dit à l'oreille, d'une voix sourde : « Chevalier, voulez-vous tenir ma maison dans la rue Saint-Honoré, avec tout ce qu'elle contient, mes meubles, mon argenterie et mes bijoux, contre quatre-vingts mille francs ? — Bon ! » répondit froidement le chevalier ; et, sans se retourner vers le vieillard, il commença la taille. « La dame ! » dit Vertua ; et au premier coup la dame avait perdu ! Le vieillard tomba presque à la renverse et se retint contre la muraille, où il resta immobile comme une statue. Personne ne s'occupa de lui.

Le jeu était achevé, les joueurs se dispersaient ; le chevalier, aidé de son croupier, entassait l'or du jeu dans sa cassette ; alors le vieux Vertua s'avança de son coin, comme un spectre, et dit d'une voix sombre : « Chevalier, encore un mot, un seul mot ! — Eh bien ! qu'y a-t-il ? répliqua le chevalier en fermant sa cassette et en regardant le vieillard d'un air de mépris. — J'ai perdu toute ma fortune à votre banque, répondit Vertua ; il ne me reste rien, rien… Je ne sais où je poserai demain ma tête, comment j'apaiserai ma faim ; Chevalier, je cherche auprès de vous mon refuge. Prêtez-moi la dixième partie de la somme que vous venez de me gagner, afin que je recommence mon commerce et que je me retire de cette misère. — À quoi songez-vous, Signor Vertua ? dit le chevalier ; ne savez-vous pas qu'un banquier ne doit jamais rendre l'argent de son gain ? Cela choque toutes les règles, dont je ne m'écarte jamais. — Vous avez raison, Chevalier, reprit Vertua. Mes prétentions étaient absurdes, exagérées. La dixième partie, non ! prêtez-moi seulement la vingtième. — Je vous dis, répondit le chevalier avec humeur, que je ne prêterai rien de mon gain. — Il est vrai, dit Vertua, dont le visage pâlissait toujours davantage et dont les regards devenaient de plus en plus sombres, il est vrai que vous ne devez rien prêter. Je ne l'aurais pas fait non plus ! Mais on donne une aumône à un mendiant : donnez-moi cent louis d'or sur les richesses que le hasard vous a envoyées aujourd'hui. — Non, en vérité, s'écria le chevalier en colère. Vous vous entendez bien à tourmenter les gens, Signor Vertua ! Je vous le dis, vous n'aurez de moi ni cent, ni cinquante, ni vingt, ni même un seul louis d'or. Il faudrait que j'eusse perdu l'esprit pour vous donner les moyens de continuer votre abominable métier. Le destin vous a jeté dans la poussière comme un ver malfaisant, et il serait criminel de vous relever. Allez, et subissez le sort que vous avez mérité. »

Vertua se cacha le visage de ses deux mains, et se mit à gémir profondément. Le chevalier ordonna à ses gens de porter sa cassette dans sa voiture, et s'écria d'une voix forte : « Quand me remettrez-vous votre maison et vos effets, Signor Vertua ? »

Vertua se releva subitement et répondit d'une voix assurée : « Tout de suite. En ce moment, Chevalier. Venez avec moi. — Bien ! répliqua le chevalier ; je vais vous conduire dans ma voiture à votre maison, que vous quitterez demain. »

Durant tout le chemin, Vertua et le chevalier ne prononcèrent pas un seul mot. Arrivés devant la maison, dans la rue Saint-Honoré, Vertua tira la sonnette. Une petite vieille ouvrit et s'écria en apercevant Vertua : « Seigneur du ciel ! est-ce vous enfin, Monsieur ! Angela est à demimorte d'inquiétude à cause de vous. — Silence ! répond Vertua. Fasse le Ciel qu'Angela n'ait pas entendu le bruit de cette malheureuse sonnette ! Il faut qu'elle ignore que je suis venu. »

À ces mots, il prit le flambeau des mains de la vieille, qui était restée immobile de surprise, et éclaira le chevalier. « Je suis préparé à tout, dit Vertua. Vous me haïssez, Chevalier, vous me méprisez, vous prenez plaisir à causer ma ruine ; mais vous ne me connaissez pas. Apprenez que j'étais autrefois un joueur comme vous, que le sort capricieux me fut aussi longtemps favorable ; qu'en parcourant l'Europe, partout où je m'arrêtai, le bonheur s'attacha à moi, et que l'or afflua dans ma banque comme il afflue dans la vôtre. J'avais une femme belle et fidèle que je négligeai, et qui vécut malheureuse au milieu de l'opulence. Un jour, à Gênes, où je tenais alors ma banque, il arriva qu'un jeune Romain vint risquer à mon jeu tout son riche héritage. Comme je l'ai fait aujourd'hui, il me supplia de lui prêter au moins quelque argent pour retourner à Rome. Je le refusai en riant avec mépris, et lui, dans sa fureur, il me plongea son stylet dans le sein. Ce fut difficilement que les médecins parvinrent à sauver mes jours, et ma convalescence fut longue et douloureuse. Ma femme m'entoura de soins ; elle me consola, elle me soutint contre mes maux, et je sentis renaître en moi avec la santé un sentiment que je croyais éteint à jamais, ou plutôt j'éprouvai une passion qui m'était inconnue, car tous les sentiments humains sont éteints pour le joueur. J'ignorais encore ce que c'est que l'amour et le fidèle dévouement d'une femme : je sentis vivement combien j'étais coupable envers la mienne, et je me repentis de l'avoir sacrifiée à un penchant funeste. Je vis apparaître comme des esprits vengeurs tous ceux dont j'avais causé la ruine, dont j'avais anéanti avec sang-froid l'existence entière ; j'entendais leurs voix sourdes qui s'échappaient du tombeau et me reprochaient tous les crimes que j'avais causés. Ma femme seule avait le pouvoir de bannir par sa présence cette terreur, ces angoisses sans nom ! Je fis le serment de ne plus toucher une seule carte. Je m'éloignai, et, m'arrachant des liens qui me retenaient, repoussant les instances de mes croupiers, je m'établis dans une petite maison de plaisance auprès de Rome. Hélas ! je ne jouis qu'une année d'un bonheur et d'une satisfaction dont je n'avais jamais soupçonné l'existence. Ma femme mit au monde une fille et mourut quelques heures après. Je tombai dans un profond désespoir, j'accusai le Ciel, je me maudis moi-même, et, comme un criminel qui craint la solitude, je quittai ma maison et je vins me réfugier à Paris. Angela, la douce image de sa mère, grandissait sous mes yeux ; toute mon affection s'était concentrée en elle. Ce fut pour elle seule que je tentai d'accroître ma fortune. Il est vrai, je prêtai de l'argent à gros intérêts ; mais c'est une calomnie que de m'accuser d'avoir trompé les malheureux qui venaient à moi. Et qui sont mes accusateurs ? Des misérables qui me tourmentent sans relâche pour que je leur prête de l'argent, des prodigues qui dissipent leur bien et qui entrent en fureur lorsque j'exige le payement des sommes qu'ils me doivent, dont je ne me regardais que comme le régisseur, car toute ma fortune était pour ma fille. Il n'y a pas longtemps que je sauvai un jeune homme de l'infamie en lui avançant une somme considérable sur son héritage. Croiriez-vous, Chevalier, qu'il nia sa dette devant les tribunaux et qu'il refusa de l'acquitter ? je pourrais vous citer vingt traits de ce genre qui ont concouru à me rendre impitoyable et à me convaincre que la légèreté entraîne toujours avec elle la corruption. Il y a plus : je pourrais vous dire que j'ai séché bien des larmes, que plus d'une prière s'est élevée au Ciel pour moi et pour mon Angela ; mais vous refuseriez de me croire, et vous m'accuseriez de me vanter, car vous êtes un joueur ! J'avais cru que les puissances infernales étaient apaisées ; mais il leur était donné de m'aveugler plus que jamais. J'entendis parler de votre bonheur, Chevalier ; chaque jour je rencontrais un joueur dont vous aviez fait un mendiant ; la pensée me vint que j'étais destiné à mesurer mon bonheur, qui ne m'a jamais abandonné, contre le vôtre ; que j'étais appelé à mettre fin à vos déprédations, et cette idée ne me laissa pas de relâche. C'est ainsi que je me présentai à votre banque, et que je ne la quittai pas avant que toute la fortune de mon Angela fût tombée dans vos mains ! C'en est fait ! me permettez-vous d'emporter les vêtements de ma fille ? — La garde-robe de votre fille ne me regarde pas, dit le chevalier. Vous pouvez aussi emporter vos lits et les ustensiles de votre ménage. Qu'ai-je besoin de toutes ces misères ? Mais prenez-garde de soustraire quelque objet de valeur : j'y veillerai. »

Le vieux Vertua regarda fixement le chevalier durant quelques secondes, puis un torrent de larmes s'échappa de ses yeux ; il tomba aux genoux du chevalier et lui cria avec l'accent du désespoir : « Ayez encore un sentiment humain ! Soyez compatissant envers nous ! Ce n'est pas moi, c'est ma fille, mon Angela, un ange innocent, dont vous causez la ruine ! Ô ! de grâce, ayez pitié d'elle, prêtez-lui, à elle seule, la vingtième partie de cette fortune que vous m'avez arrachée ! J'en suis sûr, vous vous laisserez toucher ! Ô Angela ! ma fille ! »

Et, dans ses gémissements entrecoupés, le vieillard répétait sans cesse, d'une voix étouffée par les sanglots, le nom chéri de son enfant.

« Cette scène de comédie commence à me fatiguer », dit le chevalier avec indifférence et d'un ton d'humeur ; mais au même instant, la porte s'ouvrit, et une jeune fille en blanc déshabillé de nuit, les cheveux épars, la mort peinte sur les traits, se précipita vers le vieux Vertua, le releva, le pressa dans ses bras et s'écria : « Ô mon père, mon père ! j'ai tout entendu, je sais tout. Avez-vous donc tout perdu ? n'avez-vous plus votre Angela ? ne travaillera-t-elle pas pour vous, mon père ? Ô mon père ! ne vous abaissez pas plus longtemps devant cet homme orgueilleux. Ce n'est pas nous qui sommes pauvres et misérables, c'est lui qui vit dans sa richesse abandonné comme dans une solitude ; il n'est pas de cœur au monde qui batte près du sien, dans lequel il puisse verser ses peines quand la vie le désespère ! Venez, mon père ! quittez cette maison avec moi ; partons, afin que cet homme ne se délecte pas plus longtemps de votre douleur ! »

Vertua tomba presque sans mouvement sur un siège. Angela s'agenouilla devant lui, prit ses mains, les baisa, les couvrit de caresses, énuméra avec une volubilité enfantine tous les talents, toutes les connaissances qu'elle avait, et qui pouvaient suffisamment nourrir son père ; elle le conjurait, en versant des larmes, de ne pas s'abandonner à la douleur : car elle se trouverait plus heureuse de coudre, de broder, de chanter pour son père, que lorsque tous ces talents ne servaient qu'à son plaisir.

Quel pécheur endurci eût pu demeurer indifférent à la vue d'Angela dans tout l'éclat de sa beauté, consolant son vieux père et lui prodiguant tous les trésors de son cœur, tous les témoignages de l'affection et de la piété filiale !

Le chevalier éprouva un tourment et un remords violents. Angela lui semblait un ange devant lequel disparaissaient toutes les illusions de la folie, tous les égarements du vice ; il se sentit embrasé d'une flamme nouvelle qui changea tout son être. Le chevalier n'avait jamais aimé. Le moment où il vit Angela fut pour lui une source de tourments sans espoir : car, tel qu'il devait paraître aux yeux de cette jeune fille, il ne pouvait espérer de la toucher. Il voulut parler, mais les paroles lui manquèrent ; sa voix s'éteignit, et il eut peine à prononcer ces mots : « Signor Vertua,... écoutez-moi :... je ne vous ai rien gagné, rien. Voici ma cassette ; elle est à vous. Je vous dois encore autre chose,... je suis votre débiteur,... prenez, prenez. — Ô ma fille ! » s'écria Vertua.

Mais Angela se releva, s'avança vers le chevalier, le mesura d'un fier regard, et lui dit avec fermeté : « Chevalier, apprenez qu'il est quelque chose de plus élevé que la fortune et l'argent : les sentiments qui vous sont étrangers et qui nous donnent des consolations célestes. Ce sont ceux qui nous apprennent à repousser vos dons avec mépris ! Gardez le trésor auquel est attachée la malédiction qui vous poursuivra, joueur impitoyable !

— Oui, s'écria le chevalier, oui, je veux être maudit, je veux descendre au fond des enfers, si cette main touche encore une carte ! Et, si vous me repoussez loin de vous, Angela, vous, vous seule aurez causé ma perte... Oh ! vous ne me comprenez pas..., vous me prenez pour un insensé... ; mais vous comprendrez tout, vous saurez tout, quand je viendrai me brûler la cervelle à vos pieds... Angela, c'est de la mort ou de la vie qu'il s'agit pour moi, Adieu ! »

À ces mots, le chevalier disparut. Vertua le pénétrait jusqu'au fond de l'âme ; il savait tout ce qui s'était passé en lui, et il chercha à persuader à Angela qu'il pourrait arriver des circonstances qui le forçassent à accepter le présent du chevalier. Angela frémissait de comprendre son père. Elle ne pensait pas qu'elle pût jamais voir le chevalier autrement qu'avec mépris. Mais ce qu'il était impossible de songer, ce qui semblait invraisemblable, arriva par la volonté du sort, qui a placé tous les contrastes au fond du cœur humain.

IV

Au grand étonnement de tout Paris, continua l'étranger, la banque du chevalier de Ménars disparut de la maison de jeu ; on ne le vit plus lui-même, et de là mille bruits mensongers qui se répandirent. Le chevalier évitait toutes les sociétés ; son amour se témoignait par la mélancolie la plus profonde ; il faisait sans cesse des promenades solitaires ; et il arriva qu'un jour, dans une des sombres allées de Malmaison, il rencontra tout à coup le vieux Vertua et sa fille.

Angela, qui avait cru ne pouvoir jamais envisager le chevalier qu'avec horreur et mépris, se sentit singulièrement émue en le voyant devant elle, pâle, défait, tremblant et osant à peine lever les yeux vers elle. Elle savait que, depuis la nuit où elle l'avait vu, le chevalier avait entièrement changé sa façon de vivre. Elle, elle seule, avait opéré ce changement ! elle avait sauvé le chevalier de sa ruine ; et la vanité d'une femme pouvait être flattée de tant d'influence. Aussi, après que le chevalier et son père eurent échangé quelques compliments, elle ne put s'empêcher de lui témoigner qu'elle le trouvait dans un état de santé alarmant.

Les paroles d'Angela firent un effet tout-puissant. Le chevalier releva la tête ; il retrouva la grâce et l'amabilité qui jadis lui gagnaient les cœurs. Enfin, après quelques instants de conversation, Vertua lui demanda quand il viendrait prendre possession de la maison qu'il avait gagnée.

« Oui, s'écria le chevalier, oui, Seigneur Vertua, j'irai demain ! mais permettez que nous rédigions mûrement nos conventions, cela dût-il durer quelques mois. — Soit », répondit Vertua en souriant.

Le chevalier vint en effet ; et il revint souvent. Angela le voyait toujours avec plus de plaisir ; il la nommait son ange sauveur. Enfin il sut si bien gagner son cœur qu'elle promit de lui donner sa main, à la grande satisfaction du vieux Vertua, qui voyait ainsi sa perte réparée.

Angela, l'heureuse fiancée du chevalier de Ménars, était un jour assise près de sa fenêtre, et elle se perdait dans des pensées d'amour et de bonheur comme en ont d'ordinaire les fiancées. Un régiment de chasseurs, qui se rendait en Espagne, passa sous ses fenêtres au bruit des trompettes. Angela regardait avec intérêt ces hommes destinés à la mort dans cette guerre cruelle, lorsqu'un jeune homme tira violemment la bride de son cheval, et leva les yeux vers Angela. Aussitôt elle tomba sans mouvement sur son siège.

Ce jeune homme n'était autre que le fils d'un voisin, nommé Duvernet, qui avait été élevé avec Angela, qui la voyait chaque jour, et qui avait cessé de paraître dans la maison depuis les visites assidues du chevalier.

Angela n'avait pas seulement lu dans les regards pleins de reproches du jeune homme combien il l'aimait tendrement ; elle avait reconnu qu'elle l'aimait de toutes les forces de son âme, et qu'elle avait été seulement aveuglée par les qualités brillantes du chevalier. Ce fut alors seulement qu'elle comprit les soupirs étouffés de son jeune ami, ses adorations discrètes et silencieuses ; elle comprit ce cœur simple et naïf ; elle sut ce qui agitait si violemment son sein, lorsque le jeune Duvernet paraissait devant elle, lorsqu'elle entendait le son de sa voix.

« Il est trop tard ! il est perdu pour moi ! » se dit Angela. Elle eut le courage de combattre la douleur qui l'accablait ; et ce courage même lui rendit le calme. Cependant il ne put échapper au regard pénétrant du chevalier qu'il s'était passé quelque chose de funeste dans l'âme d'Angela ; il eut toutefois la délicatesse de ne pas chercher à deviner un secret qu'elle lui cachait ; et ce lui fut une raison de hâter son mariage, qui fut célébré avec la pompe et le goût qu'il mettait en toutes choses.

Le chevalier eut pour Angela toute la tendresse imaginable ; il allait au-devant de ses plus légers désirs ; il lui témoignait une vénération profonde, et le souvenir de Duvernet dut bientôt s'effacer de son âme. Le premier nuage qui obscurcit leur vie tranquille fut la maladie et la mort du vieux Vertua.

Depuis la nuit où il avait perdu toute sa fortune à la banque du chevalier, il n'avait pas repris les cartes ; mais, dans les derniers instants de sa vie, le jeu sembla remplir entièrement son âme. Tandis que le prêtre qui était venu pour lui apporter les consolations de l'Église l'entretenait de choses célestes, lui, les yeux fermés, il murmurait entre ses dents : *Perd, gagne ;* et il faisait, avec ses mains tremblantes et déjà glacées, le mouvement de tailler et de mêler les cartes. En vain Angela, en vain le chevalier, penchés sur son lit, lui prodiguaient les noms les plus doux ; il paraissait ne plus les connaître. Il rendit l'âme en poussant un soupir de joie, et en s'écriant : *Gagne !*

Dans sa douleur profonde, Angela ne put se défendre d'un secret mouvement de terreur en songeant à la manière dont son père avait quitté la vie. L'image de cette nuit affreuse où le chevalier s'était montré pour la première fois à ses yeux avec la rudesse du joueur le plus passionné et le plus endurci se représenta vivement à sa pensée, et elle trembla que le chevalier, rejetant son masque d'ange, ne s'offrît à elle sous son aspect infernal.

Le pressentiment d'Angela ne devait que trop tôt se réaliser.

Quelque terreur qu'eût ressentie le chevalier à la vue du vieux Francesco Vertua repoussant, au moment d'expirer, les secours spirituels pour ne songer qu'à sa passion coupable, le jeu ne reprit pas moins son empire sur lui, et, dans ses rêves de toutes les nuits, il se voyait assis à une banque, amassant de nouvelles richesses.

Tandis qu'Angela, de plus en plus frappée du souvenir de l'ancienne façon de vivre du chevalier, avait peine à retrouver avec lui ces épanchements qui faisaient sa joie, des soupçons s'élevaient dans l'âme de son époux, qui attribuait cette réserve au secret qui avait affligé autrefois

Angela et qu'elle ne lui avait pas dévoilé. Cette défiance enfanta de l'humeur, qui éclata en paroles offensantes et qui réveilla dans Angela le souvenir du jeune Duvernet, et avec lui le souvenir affligeant d'un amour détruit à jamais au moment où il promettait un long bonheur à deux jeunes âmes. Cette disposition des époux devint toujours plus fâcheuse ; si bien qu'enfin le chevalier trouva la vie simple qu'il menait pleine d'ennuis et sans goût, et que ses désirs se reportèrent vers le monde.

Il fut confirmé dans cette idée par un homme qui avait été son croupier, et qui ne négligea rien pour tourner en ridicule cette vie domestique. Il ne pouvait comprendre qu'il abandonnât pour une femme tout un monde qui, à lui seul, valait le reste de la vie.

Bientôt la riche banque du chevalier de Ménars reparut plus brillante que jamais. Le bonheur ne l'avait pas abandonné : victimes sur victimes tombaient sous ses coups, et l'or abondait de toutes parts sur sa table. Mais le bonheur d'Angela, qui n'avait été qu'un rêve de courte durée, fut cruellement détruit. Le chevalier la traita avec indifférence, avec mépris même ! Souvent il passait des semaines, des mois, sans la voir ; un vieux régisseur dirigeait la maison ; les laquais changeaient sans cesse, selon le caprice du chevalier ; et Angela, devenue étrangère dans son intérieur, ne trouvait nulle part une consolation. Souvent, dans ses nuits sans sommeil, elle écoutait le bruit de la voiture du chevalier qui rentrait dans la maison ; elle entendait transporter sa lourde cassette ; elle entendait les brusques monosyllabes qu'il adressait à ses gens ; puis la porte de son appartement se refermait à grand bruit, et alors un torrent de larmes s'échappait des yeux de la pauvre Angela ; elle prononçait quelquefois, dans son désespoir, le nom de Duvernet, et elle suppliait le Ciel de mettre un terme à sa déplorable existence.

Il arriva un jour qu'un jeune homme de bonne famille, qui avait tout perdu au jeu, se tira un coup de pistolet dans la chambre même où le chevalier tenait sa banque. Son sang et les éclats de sa cervelle jaillirent sur les joueurs qui se dispersèrent avec épouvante. Le chevalier seul resta indifférent, et demanda froidement s'il était d'usage de se séparer avant l'heure pour un fou qui n'avait pas de conduite au jeu.

Cet événement produisit une grande sensation. Les joueurs les plus endurcis furent indignés de la conduite du chevalier ; tout le monde s'éleva contre lui. La police fit cesser sa banque. On l'accusa de déloyauté au jeu, et son bonheur constant ne contribua pas peu à accréditer cette croyance. Il ne put réussir à se justifier, et l'amende qu'on lui infligea lui ravit une partie de ses richesses. Il se vit honni, méprisé ; alors il revint se jeter dans les bras de sa femme, qu'il avait tant maltraitée, et qui, voyant son repentir, le reçut avec tendresse : car l'exemple de son père, qui avait renoncé à la vie de joueur, lui donnait encore une lueur d'espérance.

Le chevalier quitta Paris, et se rendit avec sa famille à Gênes, lieu de naissance d'Angela.

Là il vécut, durant quelque temps, fort retiré ; mais bientôt sa passion fatale se ranima, et une force toute-puissante le chassa sans cesse de sa maison. Sa mauvaise renommée l'avait suivi de Paris à Gênes ; il ne pouvait songer à établir une banque, et cependant un entraînement irrésistible le poussait au jeu.

Dans ce temps, un colonel français, retiré du service à cause de ses blessures, tenait la plus riche banque de Gênes. Le cœur plein de haine et d'envie, le chevalier s'y rendit, nourrissant en secret l'espoir de lutter contre lui. Le colonel le reçut avec gaieté, et s'écria que le jeu allait enfin avoir quelque valeur, puisque le chevalier de Ménars arrivait avec son étoile.

En effet, dès les premières tailles, les cartes vinrent au chevalier comme de coutume ; mais lorsque, se fiant à son bonheur habituel, il s'écria enfin : *Va, banque !* il perdit d'un seul coup une somme immense.

Le colonel, qui se montrait d'ordinaire froid dans le gain comme dans la perte, ramassa l'or du chevalier avec tous les signes de la joie la plus vive. Dès ce moment la fortune abandonna totalement son favori.

Chaque nuit il joua, chaque nuit il perdit, jusqu'à ce que sa fortune fût entièrement épuisée et qu'il ne possédât plus que deux mille ducats en papier.

Le chevalier courut tout le jour pour réaliser ce papier, et revint le soir fort tard à la maison. À l'entrée de la nuit, il mit ses dernières pièces d'or dans sa poche, et il se disposait à sortir, lorsque Angela, qui se doutait de ce qui se passait, lui barra le chemin, se jeta à ses genoux qu'elle arrosa de larmes, et le conjura, au nom du Ciel, de renoncer à son dessein, et de ne pas la plonger dans le désespoir et dans la misère.

Le chevalier la releva, la pressa douloureusement contre son sein, et lui dit d'une voix sourde : « Angela, ma chère Angela ! je ne puis céder à ta prière. Mais demain, demain, tous tes soucis seront effacés : car je te jure par tout ce qui est sacré qu'aujourd'hui je joue pour la dernière fois ! Sois tranquille, ma chère enfant ; dors, rêve d'heureux jours, une vie meilleure : cela me portera bonheur ! »

Le chevalier embrassa sa femme et s'éloigna en toute hâte.

Deux tailles, et le chevalier eut tout perdu, — tout ce qu'il possédait !

Il resta immobile auprès du colonel et fixa ses regards sur la table de jeu, dans un anéantissement complet. « Vous ne pontez plus, Chevalier ? dit le colonel en mêlant les cartes pour une nouvelle taille. — J'ai tout perdu, répondit le chevalier en s'efforçant de paraître calme. — N'avez-vous donc plus rien ? demanda le colonel en continuant de mêler ses cartes. — Je suis un mendiant ! » s'écria le chevalier d'une voix tremblante de rage, en regardant toujours la table de jeu et ne remarquant pas que les joueurs prenaient toujours plus d'avantage sur le banquier.

Le colonel continua de jouer avec calme. « Mais vous avez une jolie femme ? dit le colonel à voix basse, sans regarder le chevalier, et en mêlant les cartes pour une seconde taille. — Que voulez-vous dire par là ? » s'écria le chevalier avec colère. Le colonel tira ses cartes sans répondre. « Dix mille ducats ou Angela, dit le colonel en se retournant à demi, tandis qu'il donnait à couper. — Vous êtes fou ! s'écria le chevalier, qui revenait un peu à lui-même, et qui s'apercevait que le colonel perdait de plus en plus. — Vingt mille ducats contre Angela », dit le colonel à voix basse, en retenant la carte qu'il s'apprêtait à retourner.

Le chevalier se tut ; le colonel reprit son jeu, et presque toutes les cartes furent favorables aux joueurs. « Cela va », dit le chevalier bas à l'oreille du colonel, lorsque la nouvelle taille commença, et qu'il eut placé la dame sur la table.

Au coup suivant, la dame perdit. Le chevalier se recula en grinçant des dents, et s'appuya contre la fenêtre ; la mort et le désespoir étaient dans ses traits.

Le jeu venait de finir ; le colonel s'avança devant le chevalier et lui dit d'un ton moqueur : « Eh bien ? — Que voulez-vous ! s'écria le chevalier. Vous m'avez réduit à la besace ; mais il faut que vous ayez perdu l'esprit de croire que vous pouviez gagner ma femme. Sommes-nous donc dans les colonies ? Ma femme est-elle une esclave pour être livrée à l'homme qui se plaît à la jouer et à la marchander ? Mais, il est vrai, j'ai perdu vingt mille ducats, et j'ai perdu le droit de retenir ma femme, si elle veut vous suivre. Venez avec moi, et désespérez, si ma femme vous repousse et qu'elle refuse de devenir votre maîtresse ! — Désespérez vous-même, répondit le colonel, si Angela vous repousse, vous qui avez causé son malheur, si elle vous rejette avec horreur pour se jeter avec délices dans mes bras. Désespérez vous-même en apprenant qu'un serment d'amour nous unira, que le bonheur couronnera nos longs désirs. Vous me nommez insensé ! Oh ! oh ! je ne voulais gagner que le droit de prétendre à votre femme ; j'étais déjà certain de son cœur ! Apprenez, Chevalier, que votre femme m'aime, qu'elle m'aime inexprimablement ; je le sais. Apprenez que je suis ce Duvernet élevé avec Angela, attaché à elle par l'amour le plus ardent ; ce Duvernet que vous avez chassé par vos intrigues ! Hélas ! ce ne fut qu'au moment de la mort de son père qu'Angela connut ce que je valais. Je sais tout. Il était trop tard ! Un démon ennemi me suggéra l'idée que le jeu pouvait me fournir l'occasion de vous perdre : je m'adonnai entièrement au jeu. Je vous suivis jusqu'à Gênes, et j'ai réussi ! Allons, allons trouver votre femme ! »

Le chevalier resta anéanti, frappé de mille coups de foudre. Ce secret si longtemps gardé se dévoilait enfin ; il vit toute la mesure des maux dont il avait accablé la malheureuse Angela. « Angela décidera », dit-il d'une voix sourde, et il suivit le colonel qui marchait à grands pas vers sa demeure.

En arrivant, le colonel saisit la sonnette ; mais le chevalier la repoussa. « Ma femme dort, dit-il, voulez-vous troubler son doux sommeil ? — Hum ! murmura le colonel, Angela a-t-elle jamais goûté un doux sommeil depuis que vous l'avez précipitée dans une vie si déplorable ? »

À ces mots, il voulut pénétrer dans la chambre ; mais le chevalier se jeta à ses pieds, et s'écria, au désespoir : « Soyez compatissant ; maintenant que vous avez fait de moi un mendiant, laissez-moi ma femme ! — C'est ainsi que le vieux Vertua était à genoux devant vous sans pouvoir vous attendrir, cœur de pierre ! Que la vengeance du Ciel vous atteigne enfin ! »

En parlant ainsi, le colonel se dirigea de nouveau vers l'appartement d'Angela. Le chevalier s'élança vers la porte, l'ouvrit, se précipita sur le lit où reposait sa femme, tira les rideaux et s'écria : « Angela, Angela ! » Il se baissa vers elle, prit sa main, balbutia des mots entrecoupés, puis s'écria de nouveau d'une voix terrible : « Voyez ! vous avez gagné le cadavre de ma femme ! »

Le colonel s'approcha, plein d'horreur. Nul signe de vie. Angela était morte, morte.

Le colonel se frappa violemment le front, laissa échapper un gémissement et disparut. Jamais on n'a entendu parler de lui. »

Dès que l'étranger eut achevé son récit, il quitta le banc, sans que le baron, profondément ému, pût lui adresser une parole.

Peu de jours après on trouva l'étranger mort dans sa chambre. Il avait été frappé d'un coup d'apoplexie. On découvrit, par ses papiers, que cet homme, qui se faisait nommer Baudasson, n'était autre que le malheureux chevalier de Ménars.

Le baron vit dans cette aventure un avertissement du Ciel, qui lui avait envoyé le chevalier de Ménars pour le sauver au moment où il se précipitait dans l'abîme, et il se promit de résister à toutes les séductions du bonheur au jeu.

Jusqu'à ce jour, il a fidèlement tenu parole.

LA COUR D'ARTUS[1]

1. Ce conte, dont le titre allemand est *Der Artushof*, a été aussi traduit sous le titre *Le Jeune Traugott*.

Quiconque a vu la ville commerçante de Dantzig connaît, sans nul doute, la belle salle où s'assemblent les marchands, et qu'on nomme *la cour d'Artus*. Vers midi, le négoce y fait affluer une multitude innombrable d'hommes de toutes les nations, et on y entend un bourdonnement perpétuel, comme au milieu d'une ruche d'abeilles industrieuses. Mais, quand l'heure de la Bourse est écoulée, quand on ne voit plus dans ces longues travées qui unissent deux rues que quelques personnes passant rapidement, l'aspect de la cour d'Artus devient plus pittoresque, et c'est alors qu'il faut la visiter. Un clair-obscur magique se répand à travers les fenêtres assombries. Les sculptures bizarres et les peintures qui ornent la salle semblent s'animer et se mouvoir. Des cerfs avec leurs immenses ramures, des chiens haletants et furieux, fixent sur vous leurs yeux brillants, et font baisser vos regards ; et la royale statue de marbre, qui s'élève au milieu de l'enceinte, paraît plus imposante par son isolement. Le grand tableau où sont représentés toutes les vertus et tous les vices, portant leurs noms écrits en latin, perd déjà sensiblement de sa moralité : car les pâles vertus se distinguent à peine sous les couches grises de la vétusté, tandis que les belles figures des vices, relevées par leurs habits éclatants, semblent défier le temps et séduisent encore les yeux comme à leur premier jour. L'attention se porte aussi sur l'étroit bandeau à fond doré qui règne autour de la salle, et où l'on a représenté fort agréablement un cortège des magistrats de la ville au temps de leur antique splendeur. Des honorables bourgmestres, au visage important et réfléchi, ouvrent la marche, montés sur de beaux chevaux richement caparaçonnés ; les timbaliers, les tambours, les fifres, les hallebardiers, s'avancent si hardiment et d'un pas si décidé qu'on croit entendre les joyeuses fanfares de la musique militaire, et qu'on s'attend presque à voir toute cette troupe défiler par l'immense croisée voisine et gagner la place du grand marché. Et, s'il vous prend envie de dessiner ce magnifique bourgmestre et le page d'une beauté merveilleuse qui tient la bride de son coursier, mettez-vous à cette table, que la munificence publique a couverte en abondance de papier, de plumes et d'encre, et qui semble vous inviter à consigner vos souvenirs et vos impressions. « Avisez donc notre correspondant de Hambourg de l'état actuel des affaires, mon cher Traugott ! »

Ainsi parlait, en ce lieu, le négociant Élias Roos à un jeune homme avec lequel il était associé, et qui devait prochainement épouser sa fille Christine. Traugott trouva avec peine une petite place à la table que je viens d'indiquer, prit une feuille de papier, teignit d'encre l'extrémité d'une plume, et il s'apprêtait à commencer par un beau jet calligraphique, lorsqu'en songeant encore une fois à l'affaire qu'il allait expliquer, il leva les yeux vers la voûte. Le hasard voulut qu'il se trouvât justement placé en face de deux figures du cortège qui avaient toujours produit sur lui une impression singulière. Un homme grave, presque sombre, avec une large barbe frisée, couvert de riches vêtements, s'avançait sur un cheval noir, dont un bel adolescent tenait les rênes. Une longue chevelure blonde et un costume d'une rare élégance donnaient à celui-ci un air un peu efféminé. La démarche, le visage de l'homme, excitaient toujours une sorte d'effroi dans l'âme de Traugott ; mais il trouvait dans les traits du page la source des émotions les plus riantes. Jamais il ne pouvait détacher ses regards de cette figure attrayante, et il arriva, cette fois, qu'au lieu d'écrire la lettre d'avis de M. Élias Roos, il resta occupé à contempler les deux personnages merveilleux, traçant, dans sa distraction, quelques traits avec sa plume.

Il se trouvait déjà depuis longtemps dans cette situation, lorsque quelqu'un placé derrière lui frappa sur son épaule, et s'écria d'une voix sourde : « Bien, très bien ! voilà ce que j'aime ; cela peut devenir quelque chose. » Traugott se retourna, réveillé comme d'un rêve : mais il sembla frappé de la foudre. La surprise, l'effroi, lui ravirent la voix ; il voyait auprès de lui la figure sombre qu'il venait de contempler sur le lambris. C'était cet homme qui lui parlait ; il était accompagné du bel adolescent, dont le sourire avait une douceur inexprimable. Les ondulations de la foule mouvante eurent bientôt fait disparaître les deux personnages ; mais Traugott resta à la même place, et il s'y trouvait encore longtemps après que l'heure de la Bourse fut passée. La salle était presque déserte, et M. Élias Roos, qui causait avec deux étrangers, l'aperçut et s'avança vers lui. « Que faites-vous donc là, si tard, mon cher ami ? lui dit-il. Avez-vous expédié la lettre d'avis ? »

Perdu dans ses pensées, Traugott lui présenta la lettre. Au même instant, M. Élias Roos, frappant des mains avec désespoir, s'écria : « Seigneur Dieu ! quel enfantillage ! imprudent associé ! … est-ce le diable qui vous possède ? Une lettre d'avis perdue, et la poste manquée ! » M. Élias Roos était sur le point d'étouffer de colère, et les deux étrangers ne pouvaient s'empêcher de rire à la vue de la lettre, qui était en effet assez risible. Immédiatement après ces mots : « Nous référant à notre dernière du 20 courant », Traugott avait esquissé à traits rapides les deux figures singulières, le vieillard et le jeune homme. Les deux étrangers cherchèrent à apaiser M. Élias Roos ; mais celui-ci se promenait de long en large, en répétant d'un ton lamentable : « Dix mille marcs ! ce sont dix mille marcs de moins ! — Consolez-vous, mon cher monsieur Roos, dit enfin le plus âgé des deux étrangers. La poste est partie, il est vrai ; mais dans une heure j'expédierai un courrier à Hambourg ; je lui remettrai votre dépêche, et ainsi elle arrivera encore avant celle de vos concurrents. »

M. Roos lui serra la main, et, prenant la place de Traugott, il se hâta de faire la lettre d'avis, que celui-ci avait si étrangement rédigée. Pendant ce temps, le vieil étranger s'approcha de Traugott qui gardait le silence d'un air confus. « Vous ne me semblez pas à votre place, lui dit-il. Un véritable négociant ne se fût pas amusé à travers des figures au lieu d'écrire des lettres d'avis. » Traugott ne put s'empêcher de reconnaître que ce reproche était bien fondé. « Mon Dieu, dit-il, que d'excellentes lettres d'avis n'ai-je pas écrites ! C'est une folle idée qui m'a passé là ! — Je crois, répondit le jeune étranger, que, de toutes vos lettres d'avis, aucune n'est aussi excellente que celle-ci, ni tracée avec autant d'habileté. » En disant ces mots, il avait pris la malencontreuse épître, l'avait soigneusement pliée et glissée dans sa poche. Traugott se persuada alors qu'il avait fait quelque chose de mieux qu'une simple lettre ; un orgueil inconnu s'empara de son âme, et lorsque Élias Roos lui dit, tout en pliant la lettre qu'il venait d'achever : « Vos enfantillages auraient pu me coûter dix mille marcs », il répondit : « Mon cher associé, ne vous formalisez pas ainsi, ou nous nous séparerons pour toujours ! » Le vieil étranger eut grand'peine à rétablir la paix entre les deux associés. Il y parvint, toutefois, et se rendit avec eux et son jeune compagnon à la maison de M. Élias, qui les avait invités à dîner avec lui. Mlle Christine reçut avec une grâce extrême les hôtes de son père. Figurez-vous une jeune fille de moyenne taille et bien nourrie, de vingt-deux ans au plus. Son visage est arrondi, ses yeux bleus, couleur du jour, et d'une sérénité un peu banale, semblent dire à tous : « Je me marie bientôt ! » Sa peau est d'une blancheur éblouissante, et ses cheveux ne sont pas absolument roussâtres ; ses lèvres appellent le baiser, la bouche dont elles forment les rives est un peu longue, mais elle laisse voir deux rangées de dents de neige. Le calme habite incessamment les traits de Mlle Christine. Jamais la confection d'un gâteau n'a manqué sous ses mains, et, quand elle daigne donner ses soins à une sauce, elle s'épaissit toujours au point convenable, tant Mlle Christine met d'intelligence et d'attention à tourner sa cuiller en cercles réguliers. Après le repas, M. Élias Roos proposa à ses amis une promenade sur le rempart. Traugott chercha vainement à s'en dispenser ; son associé le retint. Un célèbre physicien prétendait que l'esprit créateur du monde, ce grand expérimentaliste, a placé sur le globe une immense machine électrique, d'où s'échappent des traînées d'étincelles que nous ne pouvons éviter et dont la commotion change subitement toutes les dispositions de notre âme. Traugott se trouvait sans doute *en rapport* avec la grande machine, au moment où il dessina à son insu, dans la grande salle, les figures qui apparurent tout à coup derrière lui, et involontairement il ne put s'empêcher de ramener la conversation sur ce sujet. Le vieil étranger trouvait les peintures de la cour d'Artus du plus mauvais goût ; le cortège militaire lui semblait surtout la plus ridicule des bambochades ; mais Traugott s'écria avec chaleur qu'un monde entier s'était déroulé à ses yeux à la vue de ces peintures, et qu'elles avaient parlé si vivement à son imagination qu'il avait reconnu en lui-même la faculté de créer comme le puissant maître de l'atelier duquel elles étaient sorties. M. Élias Roos regarda son associé d'un air étonné, et le vieil étranger dit d'un ton ironique : « Je ne comprends pas, jeune homme, que le négoce puisse vous plaire, et que votre vie ne soit pas consacrée aux arts, que vous semblez chérir. — Oh ! que j'envie votre talent ! dit le plus jeune des étrangers. Ah ! que ne puis-je dessiner comme vous ! Ce n'est pas que le génie me manque ; je copie fort bien des yeux, des nez et des oreilles ; j'ai même dessiné trois ou quatre têtes ; mais, mon Dieu ! les affaires, les affaires ! — Je pensais, dit Traugott, que dès qu'on se sent du génie, dès qu'on éprouve un véritable penchant pour les arts, il n'est plus d'autre affaire dans la vie. — Vous pensez qu'on doit se faire artiste ? répondit le jeune homme. Eh ! comment pouvez-vous dire une chose pareille ? Voyez-vous, mon cher ami, j'ai plus médité sur ces matières que personne ; en amateur passionné des arts, j'ai pénétré plus profondément dans la nature des choses que je ne saurais l'exprimer ; aussi ne puis-je que vous indiquer mes idées. » En parlant ainsi, les traits du jeune étranger avaient pris une expression de capacité et de méditation qui imposèrent le respect à son auditeur. « Vous m'accorderez, continua-t-il, que les arts répandent des fleurs sur notre vie. La distraction, le délassement des affaires plus sérieuses, c'est là le but aimable auquel tendent tous les efforts de l'art, but d'autant plus complètement atteint que les productions des arts sont plus accomplies. Ce but est même clairement indiqué dans la vie : car celui-là seul qui pense ainsi jouit du bien-être qui échappe à tout jamais à ceux pour qui les beaux-arts sont la grande affaire ici-bas. Ne vous laissez donc pas détourner des affaires sérieuses, mon cher ami, et gardez-vous de vous engager dans une route où vous marcheriez sans force et sans appui. »

Traugott resta stupéfait ; il ne savait que répondre. Tout ce que le jeune homme venait de lui débiter lui semblait incroyablement absurde. Il se borna à lui demander : « Mais que nommez-vous donc les affaires sérieuses, les grandes affaires ici-bas ? — Mais, mon Dieu, vous conviendrez qu'il faut vivre dans la vie, et c'est ce que ne font presque jamais les artistes de profession. »

Traugott conclut à peu près de ces paroles que vivre dans la vie, c'était n'avoir point de dettes, posséder beaucoup d'argent, bien boire, bien manger, se donner une jolie femme, des enfants bien sages, élégamment vêtus, bravement digérer, profondément dormir et surtout se garder des mauvais rêves. « Quelle misérable vie ! s'écria-t-il, lorsqu'il se retrouva seul dans sa chambre. Dans les belles matinées dorées de notre magnifique printemps, lorsqu'une molle brise d'ouest pénètre jusqu'au fond de nos rues sombres, et semble raconter, dans le doux langage de ses murmures, toutes les merveilles qu'elle a vues naître dans les prairies et dans les bois qu'elle a traversés, moi, je me glisse avec nonchalance entre les ais d'un comptoir enfumé. Là, sont assises de pâles figures devant d'informes pupitres noircis, et le bruit monotone des feuillets du registre, l'insolent cliquetis de l'argent qu'on amasse, interrompent seuls le silence que commande le travail. Et quel travail ! Pourquoi tant de méditations, pourquoi tant d'écritures ? Afin que les coffres se remplissent, afin que le crédit recueille et dévore la substance de millions de malheureux. Un artiste quitte joyeusement les cités ; il va respirer, la tête haute, les émanations parfumées du printemps, il va se perdre au milieu des splendides tableaux que colorent les joyeux rayons du soleil de mai. Du fond des buissons obscurs s'avancent des apparitions gracieuses, que crée son esprit, et qui lui appartiennent à jamais : car en lui réside la mystérieuse magie des formes, du coloris et de la lumière. Qui m'empêche de m'arracher à cette vie odieuse ? n'ai-je pas reconnu aujourd'hui ma mission, et ne puis-je à mon tour devenir un artiste ? »

Traugott se mit à examiner tous les dessins qu'il avait faits. Quelques-uns lui semblèrent tracés avec habileté. Il s'arrêta surtout devant une esquisse faite depuis de longues années, où il avait copié jadis le vieux bourgmestre et le beau page ; il se souvint fort bien de l'attrait que ces figures avaient eu pour lui, et se rappela comment, dans son enfance, il s'était souvent glissé sous les voûtes de la cour d'Artus pour aller les contempler. En examinant ce dessin, Traugott se sentit saisi de désirs vagues et douloureux ; il ne put se résoudre à descendre dans le comptoir ; il sortit de la ville et monta sur le Carlsberg, qui l'avoisine. De là, ses regards se portèrent sur la mer écumante et sur les nuages amoncelés qui formaient mille figures bizarres au-dessus de Héla : c'était comme un miroir magique où il s'efforçait de lire sa destinée future. Ce n'est qu'après de longs efforts que s'éveillent en notre sein les révélations du monde idéal. L'âme de l'artiste flotte sans cesse dans une mer de doutes et d'incertitudes. Il voit l'infini, et il sent l'impuissance d'y atteindre. Mais bientôt il recouvre un courage divin ; il combat, il lutte, et le désespoir même lui donne la force de poursuivre le rêve chéri qu'il voit toujours plus près de lui, et qui le fuit sans cesse. Traugott ne tarda pas à éprouver cette douleur sans espoir. Le lendemain, en jetant un coup d'œil sur ses dessins qui étaient restés sur la table, ils lui semblèrent mesquins et misérables, et il se condamna lui-même à retourner au comptoir. Il revint aussitôt reprendre son travail, sans se laisser vaincre par le dégoût profond qui le forçait quelquefois à quitter la plume pour aller respirer un air pur. Plusieurs semaines s'étaient écoulées, et l'époque du mariage de Traugott avec Christine approchait rapidement. Ce moment devait mettre fin à toutes ses espérances et à tous ses rêves, et il sentait son cœur oppressé en voyant sa fiancée activement occupée des préparatifs de son mariage, comme s'il n'eût été question pour elle que d'une affaire domestique ordinaire. Traugott se rendait chaque jour à la cour d'Artus ; une fois, il entendit tout près de lui une voix qui le fit tressaillir. « Ce papier, disait-on, a-t-il en effet une si mince valeur ? » Traugott se retourna vivement et aperçut le vieillard merveilleux, qui était occupé à traiter avec un courtier de la vente d'un papier dont le cours venait d'éprouver une forte baisse. Le bel adolescent se tenait auprès de lui, et jetait sur Traugott un regard tendre et douloureux. Celui-ci s'approcha vivement du vieillard. « Ce papier, lui dit-il, est en effet à bas prix ; mais le cours s'améliorera, selon toute apparence, dans peu de jours. Si vous voulez suivre mon conseil, vous en retarderez la vente. — Eh ! Monsieur, répondit le vieillard, non sans humeur, que vous importent mes affaires ? Savez-vous si ce papier ne m'est pas utile en ce moment, et si je n'ai pas besoin d'argent comptant ? » Traugott, mécontent de la brusquerie de cette réponse, se disposait à s'éloigner, lorsqu'un regard suppliant qu'il surprit dans les yeux humides du jeune homme l'arrêta. « Mes intentions étaient bonnes, Monsieur, dit-il, et j'avais dessein de prévenir la perte que vous allez faire. Vendez-moi ce papier sous la condition que je vous payerai dans peu de jours la différence entre son prix actuel et le cours auquel il ne peut manquer de s'élever. — Vous êtes un homme singulier, dit le vieillard. Qu'il soit fait selon votre volonté, bien que j'ignore le motif qui vous porte à vouloir m'enrichir. » À ces mots, il jeta un regard étincelant sur le jeune homme qui l'accompagnait, et celui-ci abaissa son bel œil bleu, en rougissant. Ils suivirent tous deux Traugott jusqu'au comptoir de M. Élias Roos, où l'argent fut compté au vieillard, qui le reçut d'un air sombre. Pendant ce temps, le jeune homme disait à voix basse à Traugott : « N'est-ce pas vous qui dessiniez quelques figures dans la salle de la cour d'Artus, il y a plusieurs semaines ? »

Traugott en convint, et ne put s'empêcher de rougir en songeant au rôle ridicule qu'il avait joué le jour de la lettre d'avis. « Oh ! alors, ajouta le jeune homme, votre conduite ne saurait m'étonner. » Le vieillard regarda avec colère son compagnon, et celui-ci garda le silence. Traugott ne pouvait surmonter un certain embarras en présence de ces deux étrangers, et il les laissa s'éloigner sans avoir le courage de leur faire une seule question. L'apparition de ces deux figures avait en effet quelque chose de si singulier que le personnel du comptoir en fut frappé. Le vieux teneur de livres avait placé sa plume derrière son oreille, et il regardait attentivement le vieillard qui s'éloignait. « Dieu nous garde de mal, dit-il dès qu'il eut disparu ; mais celui-ci ressemble, avec sa barbe frisée et son manteau noir, à un vieux tableau de l'année 1400, qu'on voit dans l'église de Saint-Johannis. » Pour M. Élias, la longue figure et l'épaisse barbe de l'étranger lui donnèrent lieu de croire que c'était un juif polonais. Il ignorait les conditions du marché que son gendre futur venait de conclure, et il se moqua singulièrement de l'impéritie de ce lourd Sarmate, qui vendait une valeur dont le cours devait s'améliorer avant peu de dix pour cent tout au moins, ce qui arriva en effet. « Mon fils m'a fait souvenir que vous êtes un artiste, dit le vieillard en revoyant Traugott à la cour d'Artus, et, à ce titre, j'accepte de vous ce que j'eusse certainement refusé. »

Ils se trouvaient en ce moment près des quatre colonnes de granit qui soutiennent le dôme de l'édifice, non loin des deux figures que Traugott avait dessinées dans la lettre d'avis ; et le jeune négociant parla sans embarras de la ressemblance qui existait entre ces deux visages et ceux du vieillard et de son jeune compagnon. Le vieillard sourit d'un air singulier, posa sa main sur l'épaule de Traugott, et lui dit à voix basse : « Vous ne savez donc pas que je suis le peintre allemand Gottfried Berklinger, et que j'ai peint ces deux figures qui semblent vous plaire, il y a bien des années, lorsque j'étudiais mon art ? Dans ce bourgmestre, j'ai voulu me représenter moi-même, et le page qui tient le cheval est mon fils, comme vous l'avez reconnu vous-même. » Traugott resta stupéfait ; il ne put douter que le vieillard, qui se donnait pour un maître mort depuis quelques cent ans, ne fût atteint d'une monomanie particulière. « C'était, continua le vieillard en relevant la tête et en regardant avec orgueil autour de lui, c'était un siècle splendide, éclatant, un temps florissant pour les arts, que celui où je décorai cette salle de toutes ces figures bariolées, en l'honneur du sage roi Artus et de sa Table ronde ! Je crois même que c'est le roi Artus en personne qui vint une fois ici tandis que je travaillais et qui m'honora du titre de maître, qui ne m'avait pas encore été donné. — Mon père, dit le jeune homme en l'interrompant, est un artiste comme il en est peu, Monsieur ; et vous n'aurez pas à vous repentir s'il vous permettait de voir ses ouvrages. » Le vieillard s'était éloigné de quelques pas pour mieux juger de l'effet des peintures ; il revint, et Traugott le pria de vouloir bien lui montrer ses tableaux. Le vieillard le regarda longtemps d'un air scrutateur, et lui dit enfin d'un ton sévère : « Il y a quelque hardiesse à vous de vouloir pénétrer dans le sanctuaire avant que d'avoir commencé votre apprentissage ; mais je vous l'accorde. Si votre regard est encore trop timide pour bien contempler, vous devinerez peut-être ce que vous ne pouvez concevoir. Venez demain dès le matin. »

Il lui indiqua sa demeure. Le lendemain, Traugott se débarrassa en toute hâte des affaires qui devaient l'occuper, et se dirigea vers la rue que le vieillard lui avait désignée. Le jeune homme, vêtu à l'ancienne mode allemande, vint lui ouvrir la porte, et le conduisit dans une vaste chambre, où il trouva le vieillard assis sur un petit escabeau, devant une immense toile grise, vide et nue, tendue sur un châssis. « Vous arrivez dans un moment favorable, Monsieur, lui dit-il, car je viens de mettre la dernière main à ce grand tableau ; il m'occupe déjà depuis un an, et il ne m'a pas coûté peu de peine. C'est le pendant d'un grand tableau semblable, représentant le paradis perdu, que j'ai terminé l'an passé et que vous pourrez voir aussi dans mon atelier. Celui-ci est, comme vous le voyez, le paradis retrouvé, et je serais fâché pour vous, si vous ne démêliez pas cette allégorie. Les tableaux allégoriques n'appartiennent en général qu'aux esprits faibles et aux imaginations usées ; mon tableau, à moi, n'est pas une fantaisie, c'est un *fait*, il ne désigne pas, il *est*. Vous trouverez que tous ces riches groupes d'hommes, d'animaux, de fruits, de fleurs et de rochers, se lient au tout harmonieux dont l'accord céleste et parfait constitue la lumière éternelle. » Le vieillard se mit alors à détailler les différents groupes ; il fit remarquer à Traugott la mystérieuse distribution de la lumière et de l'ombre, l'éclat des fleurs et des métaux, les émanations merveilleuses qui s'élevaient du calice des roses et des lis épanouis, et se répandaient autour des rangs à perte de vue de jeunes filles, d'adolescents et d'hommes mûrs, tous dans l'éclat de la force, de la grâce et de la beauté. Les paroles du vieillard devenaient toujours plus énergiques et plus inintelligibles. « Laisse briller ta couronne d'or, s'écria-t-il enfin ; rejette le voile d'Isis dont tu couvres ta tête. Mais pourquoi détourner tes regards ? pourquoi t'avancer vers moi d'un air menaçant ? veux-tu donc lutter avec ton maître ? Approche donc ! approche ! attaque celui qui t'a créé, car je suis… »

Ici la parole du vieillard s'éteignit, et ses forces l'abandonnèrent. Traugott le reçut dans ses bras, et le porta, à l'aide de son fils, dans un fauteuil où il s'assoupit profondément. « Vous savez maintenant, mon cher monsieur, ce qu'il en est de mon bon vieux père, dit le jeune homme d'une voix douce et basse ; une rigoureuse destinée a répandu l'amertume sur sa vie, et déjà, depuis bien des années, il est mort pour l'art auquel il avait consacré uniquement ses veilles. Il reste durant des jours entiers les yeux fixés sur ce fond intact ; il appelle cela peindre, et vous avez vu dans quel état d'exaltation le jette la description du tableau qu'il croit avoir tracé. Une malheureuse pensée qui le poursuit en outre, et qui me prépare une vie sombre et chagrine, m'entraîne avec lui dans la voie fatale qu'il parcourt… Mais je veux tâcher de vous distraire de cette triste scène. Suivez-moi dans la chambre voisine ; nous y trouverons quelques tableaux du bon temps de mon père. »

Quel fut l'étonnement de Traugott en voyant une longue rangée de tableaux qui semblaient avoir été peints par les maîtres les plus célèbres de l'école flamande ! Plusieurs scènes de la vie active, comme une société revenant de la chasse, des musiciens ambulants, une promenade à cheval, étincelaient de verve et de coloris, et les têtes surtout étaient animées d'une expression toute vitale. Traugott revenait vers la première salle, lorsqu'il s'arrêta tout à coup près d'un tableau devant lequel il resta comme attaché par un charme. Il représentait une jeune fille dans l'ancien costume germanique. Ses traits étaient parfaitement semblables à ceux du fils du peintre ; seulement les joues de la jeune fille étaient plus vermeilles, et sa stature paraissait plus haute. Un ravissement indicible fixait Traugott à cette place, et il ne pouvait se lasser de contempler cette charmante figure touchée à la manière de Van Dyck. « Mon Dieu ! mon Dieu ! s'écria Traugott en soupirant, c'est elle que je porte depuis si longtemps dans mon cœur ! Où pourrai-je jamais la trouver ? » À ces mots, les yeux du jeune Berklinger se remplirent de larmes. « Venez, dit-il en s'efforçant de contenir sa douleur. Ce portrait représente ma pauvre sœur Félicité. Elle nous a été ravie pour toujours. Vous ne la verrez jamais. »

Traugott se laissa conduire machinalement dans l'antichambre. Le vieillard était encore endormi ; mais il se réveilla tout à coup, et, en apercevant Traugott, il s'écria d'un air irrité : « Que voulez-vous ici, Monsieur ? » Le jeune homme s'approcha alors, et le fit souvenir qu'il venait de montrer à Traugott son nouveau tableau. « Votre nouveau tableau, Maître Berklinger, dit Traugott, est bien merveilleux, et je n'en ai jamais vu de semblable. Mais il faut beaucoup d'étude et de travail avant que d'arriver à peindre ainsi ! »

Le vieillard se calma. Il embrassa Traugott et lui promit d'être son maître. Traugott se rendit donc chaque jour chez le vieux peintre, et il ne tarda pas à faire de grands progrès. Pour les affaires, il les négligea si complètement que M. Élias Ross vit avec plaisir que Traugott remit son mariage à un temps plus reculé, sous le prétexte d'une maladie de langueur. « S'il n'avait pas cent cinquante mille écus dans ma maison de commerce, dit le vieux négociant à un de ses amis, je sais bien ce que j'aurais à faire. »

La vie que menait Traugott eût été un beau jour sans nuages, sans l'amour qu'il nourrissait pour la belle Félicité, dont l'image ne pouvait s'effacer de son cœur. Le portrait avait disparu. Le vieux peintre l'avait enlevé, et Traugott n'osait pas le questionner sur ce sujet. Au reste, le vieux Berklinger lui témoignait chaque jour plus de confiance, et il avait consenti à accepter quelques honoraires pour les leçons qu'il lui donnait. Traugott avait appris de la bouche du jeune Berklinger que le papier vendu par son père était leur dernière ressource et le reste de leur fortune, mais il ne put en savoir davantage, car le vieux peintre les observait sans cesse et renvoyait rudement son fils, chaque fois qu'il le voyait converser avec le jeune négociant. L'hiver était passé, un nouveau printemps faisait déjà refleurir les bois et les prés. Traugott avait été retenu un jour entier dans son comptoir, et il ne put se rendre à la maison de Berklinger que fort tard dans la soirée. En pénétrant dans le vestibule, qui était désert, il entendit le son d'un luth dans la chambre voisine. Il écouta. Un chant entrecoupé voltigeait entre les accords comme de légers soupirs. Il poussa la porte. Une femme, vêtue exactement dans l'ancien costume, comme celle du portrait, s'offrit à lui, le dos tourné. Au bruit que fit Traugott en entrant, elle posa le luth sur la table et se leva. C'était elle ! « Félicité ! » s'écria Traugott dans son ravissement ; et il allait tomber aux pieds de cette image céleste, lorsqu'une main vigoureuse s'abattit sur lui et l'entraîna. « Misérable sans pareil ! s'écria le vieux Berklinger en le repoussant, c'était donc là le motif de ton amour pour les arts ! Tu voulais m'assassiner ! » Un couteau levé brillait dans sa main. Traugott prit la fuite, éperdu d'effroi et de bonheur.

Traugott attendit le jour avec impatience, résolu de connaître, à quelque prix que ce fût, le mystère que recelait la maison de Berklinger. Il y courut. Toutes les portes étaient ouvertes. Le peintre et son fils avaient quitté dans la nuit leur demeure, et on ignorait le lieu où ils s'étaient retirés. Une voiture attelée de deux chevaux avait emporté les caisses, les tableaux et le petit nombre de meubles qui composaient le misérable avoir de Berklinger. Toutes les recherches de Traugott furent inutiles. Il revint dans un profond désespoir. Son avenir était détruit ; il se condamna lui-même à reprendre les travaux fastidieux qu'il avait abandonnés. Depuis quelque temps, Traugott travaillait de nouveau dans son comptoir, et le jour de son mariage avec Christine avait été invariablement fixé. La veille de ce jour,

Traugott se rendit, comme de coutume, à la cour d'Artus ; il contemplait encore une fois les deux figures du bourgmestre et de son page, qui lui rappelaient tant de souvenirs, lorsque ses regards tombèrent sur le courtier à qui le vieux peintre avait voulu vendre son papier. Il s'approcha de lui, et lui demanda s'il connaissait ce vieillard à la longue barbe. « Qui ne connaît ce vieux fou ? répondit le courtier. C'est le peintre Gottfried Berklinger. — Savez-vous où il a fixé sa demeure ? — Sans doute ; il vit maintenant bien tranquille à Sorrente avec sa fille. — Avec sa fille Félicité ? s'écria Traugott d'une voix si éclatante que tous les négociants tournèrent la tête pour le regarder. — Eh ! sans doute, dit le courtier. C'est le jeune homme qui l'accompagne toujours. Tout Dantzig savait que c'était une fille, bien que le vieux fou s'imaginât que tout le monde l'ignorait. On dit qu'il lui avait été prédit que le premier amour de sa fille coûterait la vie à son père, et il a trouvé ce moyen pour éloigner d'elle les galants. — À Sorrente ! » s'écria Traugott hors de lui. Et il s'échappa à travers la foule. Le lendemain, il avait déjà quitté Dantzig, et deux chevaux rapides l'entraînaient vers l'Italie. Traugott se sentit ranimé en touchant cette terre des arts. Les artistes allemands établis à Rome l'admirent dans le cercle de leurs travaux, et il séjourna plus longtemps au milieu d'eux que ne semblait le permettre l'ardent désir qui l'avait amené en Italie ; mais ce désir, adouci par la réflexion, se changea en un rêve perpétuel qui se répandit sur sa vie tout entière. L'image de Félicité se présentait sans cesse sous ses pinceaux, et ses traits ravissants, répétés dans les compositions de Traugott, devinrent bientôt célèbres dans Rome, et surtout parmi les peintres, qui accablèrent de questions leur jeune confrère. Un jour enfin, un d'eux, nommé Matuszewski, vint trouver Traugott, et lui confia qu'il avait aperçu dans Rome la jeune fille qu'on retrouvait dans ses tableaux. On peut se figurer le ravissement de Traugott. Les recherches qu'il fit avec son ami furent heureuses, et ils eurent bientôt découvert la retraite de la jeune fille, dont le père était, en effet, un pauvre peintre, alors occupé à décorer de fresques l'église de la *Trinità del Monte*. Traugott courut lui-même à l'église s'assurer de l'identité du peintre, et il crut reconnaître le vieux Berklinger, juché sur un immense échafaud. De là, les deux amis se rendirent à la demeure de la jeune fille, qu'ils aperçurent de loin sur un balcon. « C'est elle ! » s'écria Traugott en se précipitant dans la chambre. La jeune fille recula avec effroi. Elle avait tous les traits de Félicité, mais ce n'était pas elle. Traugott resta confondu, et Matuszewski expliqua toute la méprise à la jeune fille. Celle-ci se tenait dans une attitude charmante, les yeux baissés et les joues couvertes de rougeur, et Traugott, qui avait voulu aussitôt s'éloigner, s'arrêta et la contempla avec intérêt ; Dorine le regardait en souriant. Son père revint de son travail, et Traugott vit que l'effet de la hauteur de l'échafaud sur lequel s'était trouvé le peintre l'avait singulièrement abusé. Au lieu du vigoureux Berklinger, il voyait devant lui un petit homme pâle, maigre et timide, courbé par la misère. Le petit vieillard fit preuve de connaissances pratiques dans la conversation qu'ils eurent ensemble, et Traugott se plut à la prolonger. Dorine laissa voir, avec une simplicité enfantine, le penchant qu'elle éprouvait pour le jeune peintre, et bientôt on vit Traugott passer des journées entières dans l'atelier du pauvre artiste italien. Nous n'essaierons pas de peindre la lutte que se livra Traugott, dont le cœur était à la fois doublement rempli par la même image ; enfin il s'arracha de Rome, et partit pour Sorrente.

Un an s'écoula en recherches sans nombre. Un jour il reçut à Naples des lettres de sa patrie. M. Élias Roos lui annonçait que, le temps de leur association étant expiré, sa présence était indispensable pour régler leurs affaires respectives. Traugott prit le chemin direct, et se rendit à Dantzig. Il se trouva dans la cour d'Artus, près de la colonne de granit, vis-à-vis du bourgmestre et de son page, qui semblaient le regarder en souriant, et lui reprocher avec tendresse sa longue absence. « Je ne me trompe pas ! je vous vois bien portant et guéri de votre mélancolie ? » C'était le courtier bien connu de Traugott qui lui parlait de la sorte. « Je ne l'ai pas trouvée ! dit Traugott en soupirant. — Qui donc n'avez-vous pas trouvé ? demanda le courtier. — Le peintre Gottfried Berklinger et sa fille

Félicité. Je les ai cherchés dans toute l'Italie, à Naples et à Sorrente ; personne ne les connaît ! »

Le courtier le regarda d'un air étonné. « Où avez-vous cherché le peintre et sa fille ? en Italie ? à Naples ? à Sorrente ? — Eh ! sans doute, répondit Traugott avec aigreur. — Eh ! mon Dieu, Monsieur Traugott, qu'avez-vous fait là ? s'écria le courtier en frappant ses deux mains l'une contre l'autre : ne savez-vous pas que M. Aloysius Brandstetter, notre digne sénateur et doyen des échevins, a donné à sa petite maison de plaisance, située dans le bois de sapins, au pied du Carlsberg, le nom de Sorrente ? C'est lui qui a recueilli Berklinger, dont il estime fort les tableaux. Il y a demeuré plusieurs années avec sa fille, et vous n'aviez qu'à aller vous planter de vos pieds sur le Carlsberg, pour voir Mlle Félicité se promener dans le jardin avec son joli costume gothique. Ce n'était pas la peine d'aller en Italie ! Quant au vieux peintre, c'est une triste histoire. — Oh ! parlez, parlez, s'écria Traugott d'une voix étouffée.

— Le jeune Brandstetter revint d'Angleterre, continua le courtier. Il vit Mlle Félicité, et en devint épris. Il la surprit dans le jardin, tomba à ses genoux, et lui jura de l'épouser et de la délivrer de l'esclavage dans lequel la retenait son père. Le vieux peintre s'était avancé près d'eux sans qu'ils le vissent, et, au moment où Félicité dit qu'elle consentait à tout, il poussa un grand cri et tomba mort. Une veine s'était rompue, et il était déjà tout noir quand on le releva. Mlle Félicité prit alors le jeune Brandstetter en aversion, et elle épousa le conseiller Mathésius. Elle demeure à Marienwerder, et vous pouvez lui rendre visite ; ce n'est pas aussi loin que Sorrente. » Traugott ne l'entendait déjà plus ; il riait et pleurait à la fois ; dans son délire, il gagna la porte d'Oliva et se rendit, comme jadis, sur le Carlsberg. On ignore combien de temps il y demeura, mais on ne le revit jamais à Dantzig.

On assure qu'un peintre allemand, nommé Traugott, se rendit célèbre en Italie, et on montre encore au palais Pitti un tableau de lui, qui le représente entre deux femmes parfaitement semblables ; la plus jeune des deux lui sourit tendrement.

MAÎTRE MARTIN[1]

1. Conte connu aussi sous le titre *Le Tonnelier de Nuremberg*.

PRÉFACE

Ton cœur n'a-t-il jamais battu, comme le mien, d'une émotion douloureuse, cher lecteur, lorsque tes regards planaient sur une cité où les magnifiques monuments de l'art germain racontent, comme des langues éloquentes, l'éclat, la pieuse persévérance et la grandeur réelle des temps passés ? Ne te semble-t-il pas alors que tu pénètres dans une maison abandonnée ? Le livre de dévotion dans lequel lisait le père de famille est ouvert sur la table, la riche et éclatante tapisserie qu'achevait la femme est encore étendue sur le métier. Des ustensiles précieux, conservés pour les jours de fêtes, sont rangés avec ordre dans les armoires. Tu t'attends alors à voir un des habitants de cette demeure paraître et s'avancer pour t'accueillir avec une hospitalière cordialité. Mais tu attends vainement ceux que la roue éternellement rapide du temps a entraînés. Tu ne peux que t'abandonner aux doux rêves que font naître en toi les vieux maîtres dont les monuments te parlent avec tant de verve et de vigueur que tu te sens pénétré de leurs pensées jusqu'à la moelle de tes os. Alors seulement tu comprends l'intention profonde de leurs œuvres, car tu lis dans leurs temps, et tu sens ce qu'ils éprouvaient. Mais, hélas ! n'arrive-t-il pas bientôt que ces riantes images, chassées par les bruits actifs du jour, fuient timidement sur les nuages diaphanes de l'aurore, au moment où tu t'apprêtais à les saisir ; tandis que toi, l'œil obscurci par des larmes brûlantes, tu suis de tes regards ces ombres délicieuses qui s'effacent en pâlissant ? Alors tu t'éveilles brusquement, heurté avec rudesse par la vie réelle qui te cerne de toutes parts, et il ne te reste rien de ton beau rêve, qu'une ardeur profonde qui fait tressaillir ton sein de légers frémissements.

C'est de telles impressions qu'était agitée l'âme de celui qui écrit pour toi ces pages, cher lecteur, chaque fois que sa route le conduisait par la célèbre ville de Nuremberg. S'arrêtant tantôt devant la merveilleuse fontaine du marché, tantôt contemplant la tombe de saint Sébald, la chapelle du Saint-Sacrement de Saint-Laurent, passant tour à tour du château à la maison de ville, ornée des tableaux profonds d'Albrecht Dürer, il s'abandonnait tout entier aux douces rêveries qui l'enchaînaient au milieu des magnificences de l'antique ville impériale que le vieux poète Rosenbluth a chantée dans ses vers. Mainte image de la belle vie bourgeoise de ces temps où les artistes et les ouvriers, se tenant la main, marchaient gaiement ensemble vers un même but, s'éleva dans son âme et s'empara de sa pensée. C'est une de ces images qu'il va te présenter, lecteur chéri ! Peut-être la contempleras-tu avec complaisance ; peut-être toi-même te glisseras-tu secrètement dans la maison de maître Martin, et te complairas-tu au milieu de ses tonnes et de ses brocs. Allons, entrons ! Puisses-tu ne pas regretter ta visite !

I

Comment maître Martin fut élu syndyc,
et le remerciement qu'il en fit

Le premier mai de l'année 1580, l'honorable corporation des botteliers, ou buddeliers, et tonneliers de la ville libre impériale de Nuremberg, tint son assemblée solennelle des métiers, conformément à ses vieilles mœurs et coutumes. Peu de temps auparavant, un des syndics, ou, comme on les nommait, un des maîtres des cierges, avait été porté en terre ; c'est pourquoi il fallait en choisir un nouveau. Le choix tomba sur maître Martin. En effet, il n'avait pas son égal pour la solidité et l'élégance de ses tonnes ; personne n'entendait comme lui l'arrangement des vins dans la cave ; aussi comptait-il les seigneurs les plus distingués parmi ses pratiques, et vivait-il dans la plus grande aisance, on peut même dire dans la richesse.

Lorsque maître Martin fut élu, le digne conseiller Jacobus Paumgartner, qui était à la tête de la corporation, se prit donc à dire : « Vous avez très bien agi, mes amis, de choisir maître Martin pour votre syndic : car cet emploi ne pourrait se trouver en meilleures mains. Maître Martin est estimé de tous ceux qui le connaissent, à cause de son extrême habileté et de sa profonde expérience dans l'art de conserver et de soigner le noble vin. Que son zèle vigoureux, que la vie sage qu'il mène en dépit de toute la richesse qu'il a amassée, vous servent de modèle. Soyez donc salué comme notre digne syndic, mon cher maître Martin. »

À ces mots, Paumgartner se leva de son siège et s'avança de quelques pas, les bras ouverts, attendant que maître Martin vînt à lui. Celui-ci appuya aussitôt ses deux bras sur ceux de son fauteuil et se leva avec peine, autant que le lui permit son corps bien nourri. Puis il s'avança lentement vers Paumgartner, à qui il rendit légèrement ses embrassements. « Allons, dit Paumgartner un peu étonné, allons, Maître Martin, seriez-vous mécontent du choix que nous avons fait de votre personne ? »

Maître Martin rejeta sa tête en arrière comme il avait coutume de le faire, se mit à jouer avec ses doigts sur son gros ventre, et regarda l'assemblée en ouvrant de grands yeux. « Eh ! mon cher et digne sire, comment serais-je mécontent de recevoir ce qui m'appartient ? Qui hésite à accepter le légitime salaire de son travail ? Qui repousse du seuil de sa porte le mauvais débiteur qui vient enfin payer l'argent qu'il devait apporter depuis longtemps ? Et vous, mes chers maîtres, ajouta-t-il en se tournant vers l'assemblée, avez-vous enfin eu l'idée que moi, moi, je devais être le syndic de votre honorable corporation ? Qu'exigez-vous dans un syndic ? Doit-il être le plus habile dans son métier ? Allez, et voyez ma tonne de deux foudres, achevée sans feu, mon beau chef-d'œuvre, et puis dites si quelqu'un se peut vanter d'avoir livré un morceau semblable par la force et la beauté du travail ? Voulez-vous que votre syndic possède du bien et de l'argent ? Venez dans ma maison ; je vous ouvrirai mes caisses et mes coffres, et vous vous réjouirez à l'éclat de l'or et de l'argent qui y étincellent. Le syndic doit-il être honoré par les grands et par les petits ? Demandez à nos honorables sires du conseil, demandez aux princes et aux seigneurs tout autour de notre bonne ville de Nuremberg, demandez au très digne évêque de Bamberg, demandez-leur à tous ce qu'ils pensent de maître Martin. Allons ! j'espère qu'ils n'en diront pas de mal ! »

À ces mots, maître Martin frappa avec complaisance sur son gros ventre, ferma ses yeux à demi, et, voyant que tout le monde gardait le silence d'un air grave, il reprit : « Mais je remarque, et je sais bien que je dois gentiment vous remercier de ce que le Seigneur a éclairé vos esprits. Allons ! quand je reçois le prix de mon travail, quand mes débiteurs me rendent l'argent que je leur ai prêté, ne faut-il pas que j'écrive au bas du mémoire : *Reçu avec remerciement, Thomas Martin, maître tonnelier en cette ville !* Soyez donc tous remerciés d'avoir acquitté une vieille dette en me nommant votre syndic et échevin. Au reste, je vous promets que je remplirai mon devoir avec zèle et droiture. Chacun des membres de la corporation me trouvera prêt à l'assister de ma personne et de mes conseils, et je prendrai à cœur de maintenir notre illustre métier dans tout son honneur et son éclat. Je vous invite, mon digne chef de métier, et vous tous, mes chers maîtres et amis, à un joyeux repas pour le prochain dimanche. Nous nous fortifierons le cœur auprès d'un verre de bon vin de Hochheim, de Johannisberg, ou de quelque noble vin qu'il vous plaira de choisir dans mes caves bien fournies, et nous aviserons à faire ce qui sera utile pour notre bien à tous ! Encore une fois, soyez tous cordialement invités ! »

Les visages des honorables maîtres, qui s'étaient visiblement obscurcis pendant le discours orgueilleux de Martin, reprirent leur sérénité, et au sombre silence qui avait régné quelques instants succéda un joyeux babil dans lequel il fut beaucoup question du mérite de maître Martin et de sa cave. Tous promirent de se trouver au repas du dimanche, et tendirent leurs mains au nouvel élu, qui les serra cordialement et pressa le chef des métiers contre son gros ventre, comme pour l'embrasser.

On se sépara gaiement et de bon accord.

II

Ce qui se passa dans la maison de maître Martin

Il arriva que le conseiller Jacobus Paumgartner dut passer devant la maison de maître Martin pour se rendre à sa demeure. Lorsque tous deux, Paumgartner et Martin, se trouvèrent devant la porte de cette maison et que Paumgartner voulut continuer son chemin, maître Martin ôta son bonnet, et, s'inclinant autant qu'il put le faire, dit au conseiller : « Ne daignerez-vous pas venir passer quelques moments dans ma pauvre maison, mon cher et digne sire ? Permettez-moi de profiter un peu de vos sages discours. — Eh ! mon cher maître Martin, répondit Paumgartner en souriant, je m'arrêterai avec plaisir chez vous ; mais pourquoi nommez-vous votre demeure une pauvre maison ? Ne sais-je pas qu'elle surpasse celle des plus riches bourgeois ? N'avez-vous pas achevé dernièrement le bel édifice qui fait de votre maison un des plus beaux ornements de notre célèbre ville ? et pour l'arrangement intérieur, je ne veux pas en parler, car il n'est pas de patricien qui ne pût s'en accommoder sans honte. »

Le vieux Paumgartner avait raison : car, dès que la porte gracieusement arrondie et embellie d'ornements d'étain se fut ouverte, on aperçut un vaste vestibule couvert de tapis bariolés, et rempli de tableaux ainsi que d'armoires et de sièges d'un bois précieux. Conformément au vieil usage, sur une tablette suspendue au-devant de la porte, on lisait une recommandation d'essuyer ses pieds et de secouer sa chaussure, écrite en vers grotesques.

La journée avait été fort chaude, l'air du soir qui pénétrait dans les chambres était plus agréable : aussi maître Martin conduisit son hôte dans la plus vaste salle de la maison, qui était une sorte de cuisine d'apparat. Chez les riches bourgeois de cette époque, on trouvait toujours une salle arrangée de cette manière et ornée d'ustensiles de ménage, destinés seulement à charmer les regards. « Rosa ! Rosa ! » s'écria en entrant maître Martin. Aussitôt une porte s'ouvrit, et Rosa, la fille unique de maître Martin, s'avança au-devant de lui.

Puisses-tu, lecteur bien-aimé, te souvenir avec vivacité, dans cet instant, des chefs-d'œuvre de notre grand Albrecht Dürer ! Puissent les nobles images de ses vierges, pleines d'une grâce céleste, d'une mansuétude et d'une piété profondes, se montrer vivantes à tes regards ! Songe à leur taille délicate et élancée, à leur front blanc et arrondi, à l'incarnat qui semble tomber sur leurs joues comme une rosée, à ces lèvres fines et pourprées, à ces regards humectés de pieux désirs, à demi voilés par de sombres paupières, comme un rayon de lune par un épais feuillage ; songe à ces chevelures soyeuses artistement tressées, songe à la beauté céleste de toutes ces vierges, et tu verras la charmante Rosa. Comment le narrateur de cette histoire oserait-il peindre maintenant cette céleste enfant ? Mais qu'il lui soit encore permis de citer un jeune artiste dans le sein duquel a pénétré une lueur de ces beaux jours d'autrefois. C'est le peintre allemand Cornelius, qui habite Rome. « Je ne suis ni demoiselle ni belle ! » Telle Cornelius a représenté Marguerite de Goethe au moment où elle dit à Faust ces paroles, telle devait être Rosa lorsqu'elle cherchait timidement à se soustraire à des hommages trop empressés.

Rosa s'inclina respectueusement devant le conseiller, lui prit la main et la porta à ses lèvres. Les yeux pâles du vieux sire se colorèrent subitement, et, comme les derniers rayons du jour qui jettent un vif éclat, le feu de sa jeunesse passée brilla une dernière fois dans ses yeux. « Eh ! mon cher maître Martin, s'écria-t-il d'une voix claire, vous êtes un homme bien partagé, un homme riche, mais le plus beau don que vous ait fait le Seigneur, c'est votre fille

Rosa. Si nous autres vieux sires, nous ne pouvons détourner les yeux de la belle enfant, que sera-ce donc des jeunes gens qui s'arrêtent tout court quand ils rencontrent votre fille dans la rue, et qui ne regardent qu'elle à l'église, au lieu de regarder le prédicateur ? Allons, Maître Martin ! vous pourrez choisir un gendre parmi nos jeunes patriciens et partout où vous voudrez. »

Les traits de maître Martin se contractèrent et devinrent sombres ; il ordonna à sa fille d'apporter une bouteille de bon vin, et, lorsqu'elle se fut éloignée, le visage brûlant de rougeur et les yeux baissés, il dit au vieux Paumgartner : « Mon digne sire, il est vrai que mon enfant est parée d'une grande beauté, et il est bien vrai aussi que le Ciel m'a fait riche ; mais comment avez-vous pu parler de cela devant cette fillette ? Et, quant au gendre patricien, il n'en sera rien, s'il vous plaît. — Que voulez-vous, Maître Martin ? Quand le cœur est plein, il faut que la bouche déborde ! Croiriez-vous que mon sang appauvri se fait plus vivement sentir dans mon vieux cœur lorsque je vois votre fille ? Et je dis sincèrement ce que je pense d'elle, ce qu'elle doit très bien savoir elle-même, je ne vois pas grand mal à cela. »

Rosa apporta le vin et deux gobelets magnifiques ; et maître Martin tira au milieu de la chambre une lourde table ornée de merveilleuses sculptures. À peine les deux vieillards avaient-ils pris place et rempli leurs verres que le bruit des pas d'un cheval se fit entendre devant la porte. Un cavalier s'arrêta et on entendit sa voix dans le vestibule. Rosa descendit et revint bientôt annoncer que le vieux chevalier Henri de Spangenberg était là et demandait à parler à maître Martin. « Allons s'écria Martin, voici une belle soirée, puisque ma meilleure et ma plus ancienne pratique arrive chez moi. C'est sans doute une nouvelle commande que m'apporte messire le chevalier. »

À ces mots, il courut aussi vite qu'il lui était possible de le faire à la rencontre de cet hôte si bienvenu.

III

Comment maître Martin élevait sa profession au-dessus de toutes les autres

Le vin de Hochheim brillait dans les coupes artistement taillées, et ranimait le cœur des trois vieillards. De temps en temps le vieux Spangenberg, qui avait conservé dans sa vieillesse toute la vivacité du jeune âge, racontait quelque joyeuse histoire de son bon temps, et égayait si bien maître Martin que son gros ventre se soulevait avec complaisance, et que le gros rire auquel il se livrait faisait couler les larmes de ses yeux. Messire Paumgartner lui-même oubliait plus que de coutume sa gravité de conseiller, et s'accommodait fort bien de la généreuse boisson et des joyeux propos. Mais, lorsque Rosa entra portant une jolie corbeille d'où elle tira une nappe blanche comme la neige nouvelle, lorsqu'elle se mit à couvrir la table de mets abondamment épicés, en priant les hôtes de son père d'excuser la mesquinerie d'un repas préparé à la hâte, les propos grivois et les rires eurent un terme. Paumgartner et Spangenberg ne cessèrent de regarder la jeune fille, et maître Martin lui-même, renversé sur son siège, les mains jointes, la contemplait en souriant avec complaisance. Après avoir préparé la table, Rosa voulut s'éloigner ; mais le vieux Spangenberg, impétueux comme un jeune homme, prit la jeune fille par les deux épaules, et, la regardant avec attendrissement, s'écria : « Ô charmante enfant ! ô bonne et excellente fille ! » Puis il la baisa deux ou trois fois sur le front, et revint d'un air pensif prendre sa place. Paumgartner but à la santé de Rosa. « Maître

Martin, dit Spangenberg lorsque Rosa se fut éloignée, Maître Martin, vous ne sauriez trop remercier le Ciel de vous avoir donné ce trésor. Il vous vaudra un jour de grands honneurs : car qui ne voudrait être votre gendre, de quelque rang qu'on soit ? — Vous voyez bien, Maître Martin, que le noble seigneur de Spangenberg pense entièrement comme moi, dit Paumgartner. — Je vois déjà la jolie Rosa en fiancée patricienne, avec un bandeau de perles dans ses beaux cheveux blonds, ajouta le chevalier. — Mes chers sires, mes chers sires, dit maître Martin avec humeur, pourquoi toujours parler d'une chose à laquelle je ne songe nullement aujourd'hui ? Ma Rosa vient seulement d'atteindre à sa dix-huitième année, et une jeune créature comme celle-là ne doit pas encore songer à son fiancé. Comment les choses se passeront-elles ? Je me confie là-dessus en la volonté du Seigneur ; mais ce qui est bien certain, c'est que ni un patricien, ni personne ne touchera la main de ma fille, que le tonnelier qui se fera connaître à moi pour le maître le plus habile et le plus laborieux. Supposant toutefois qu'il plaise à ma fille : car pour rien au monde je ne voudrais contraindre ma chère enfant à prendre un mari qui ne lui plairait pas. »

Spangenberg et Paumgartner se regardèrent, remplis d'étonnement. Enfin, après quelques moments de silence, Spangenberg dit à maître Martin : « Ainsi votre fille ne doit pas choisir d'époux hors de votre classe ? — Dieu m'en préserve ! répondit Martin. — Mais, reprit Spangenberg, mais si un jeune et digne maître d'une noble profession, un orfèvre peut-être, ou même un artiste, demandait la main de Rosa, et plaisait à votre fille par-dessus tous ses rivaux, que feriez-vous alors ? — « Mon jeune ami, répliqua maître Martin en rejetant sa tête en arrière, mon jeune ami, lui dirais-je, montrez-moi la belle tonne que vous avez faite pour votre chef-d'œuvre » ; et, s'il ne pouvait le faire, je lui ouvrirais amicalement la porte et je le prierais poliment d'aller tenter fortune ailleurs. — Cependant, continua Spangenberg, si le jeune compagnon disait : « Je ne puis vous montrer un tel travail, mais venez avec moi sur la place du marché, et regardez cette magnifique maison dont les piliers élancés s'élancent jusqu'aux nues ; c'est là mon chef-d'œuvre. » — Ah ! mon cher seigneur, s'écria maître Martin d'un ton d'impatience, que de peine vous prenez pour faire changer mes sentiments ; et bien vainement, je vous assure : car, une fois pour toutes, mon gendre sera de ma profession, attendu que ma profession est la plus belle qui soit au monde. Pensez-vous donc qu'il suffise de relever les cercles autour des douves, pour qu'une tonne soit faite ?… Et n'est-ce pas une belle chose que notre état suppose l'intelligence de savoir soigner le don le plus précieux que nous ait fait le Ciel, le noble vin ; qu'il nous soit réservé de lui conserver sa douceur et sa force qui nous pénètrent comme une vie nouvelle ? Pour que notre ouvrage soit parfait, ne faut-il pas d'abord tout bien calculer et bien mesurer ? Il faut que nous soyons à la fois architectes et mathématiciens pour combiner parfaitement la force et la proportion de nos tonnes. Eh ! Messire, le cœur me rit dans le ventre, quand je place une belle tonne sur les tréteaux pour l'achever, après qu'elle a été bien rabotée avec la hache, et quand les compagnons lèvent leurs maillets pour lui donner les derniers coups. On entend les outils qui retombent en cadence, clipp, clapp, clipp, clapp ; c'est une joyeuse musique ! l'édifice bien mené à sa fin s'élève jusqu'au plafond de mon atelier, et je suis fier quand je prends ma griffe de fer en main pour le marquer de mon chiffre de maître, de la double M connue et honorée de tous les tonneliers à la ronde.

« Vous parliez d'architectes, Messires : sans doute, une grande maison est un travail magnifique ; mais, si j'étais architecte, et que, passant devant mon ouvrage, je visse un vaurien, un fainéant inutile qui aurait acquis la maison et qui me regarderait du haut du balcon, je rougirais en moi-même, et la rage que j'éprouverais me donnerait l'envie de détruire mon œuvre. Pareille chose ne peut arriver avec mes édifices. Il n'y loge jamais que l'esprit le plus agréable qui soit sur terre, le noble vin. Que Dieu bénisse ma profession ! — Votre panégyrique est excellent, et votre estime pour votre métier vous fait honneur ; mais ne vous impatientez pas si je reviens encore à mon texte, dit

Spangenberg. Si maintenant venait un praticien, et qu'il demandât à épouser votre fille ? Quand une demande comme celle-là vient vous serrer au cou, les choses se présentent tout autrement, et on les voit autrement qu'on ne l'avait pensé d'abord. — Eh, mon Dieu ! s'écria maître Martin, non sans humeur, que pourrais-je faire que m'incliner poliment et lui dire : « Mon digne seigneur, si vous étiez un bon tonnelier, à la bonne heure, mais... » — Écoutez encore, reprit Spangenberg en l'interrompant : si, par une belle journée, un beau gentilhomme, monté sur un coursier fougueux, avec une brillante suite couverte de riches casaques, s'arrêtait devant votre maison, et voulait bien honorer Rosa du nom de sa dame ? — Eh ! eh ! s'écria maître Martin avec plus de violence qu'auparavant, comme je courrais bien vite fermer serrures et verrous, comme je crierais : « Passez, passez votre chemin, mon cher seigneur ; des roses comme la mienne ne fleurissent pas pour vous : la cave vous plaît sans doute, mes bats d'or vous conviennent aussi, et vous prendriez volontiers la fillette par-dessus le marché ; mais passez, passez, je vous en prie ! »

Le vieux Spangenberg se leva le visage couvert de rougeur, posa ses deux mains sur la table, et réfléchit quelques instants. « Eh bien, dit-il enfin, une dernière question, Maître Martin. Si ce jeune gentilhomme était mon propre fils ? Si moi-même je m'arrêtais devant votre maison, me fermeriez-vous aussi la porte ? Croiriez-vous que nous aussi, nous venons pour les vins de votre cave et pour vos bats d'or ? — Nullement, mon gracieux seigneur ; je vous ouvrirais amicalement la porte ; tout ce qui est dans ma maison serait à votre disposition et à la disposition de messire votre fils ; mais, pour ce qui concerne ma Rosa, je vous dirais : « Plût au Ciel que le digne chevalier votre fils fût un bon tonnelier ; personne sur la terre ne m'eût mieux convenu pour gendre, mais... » Après tout, pourquoi me tourmenter par ces questions oiseuses, mon digne seigneur ? Voyez comme notre joyeux entretien a pris fin subitement, les verres sont restés tout remplis. Laissons là le mariage de Rosa et mon futur gendre, et buvons à la santé de votre jeune chevalier, qui est, l'ai-je ouï dire, un aimable seigneur. »

Maître Martin saisit son verre, et Paumgartner suivit son exemple. Spangenberg but avec eux, et dit en s'efforçant de sourire : « Vous pensez bien que tout ceci a été dit en plaisantant : car ce serait une grande folie à messire mon fils, qui peut choisir sa femme dans les plus nobles maisons, d'oublier son rang et sa naissance pour venir courtiser votre fille. Mais vous auriez pu me répondre d'une façon un peu plus amicale, Maître Martin. — Ah ! Monseigneur, je ne pouvais répondre autrement que je l'ai fait, même en plaisantant. Au reste, on peut me passer ma fierté, car on sait que je suis le meilleur tonnelier qui soit à la ronde, que je connais le vin comme personne, que je ne me suis jamais écarté des ordonnances concernant notre état faites par l'empereur Maximilien, dont l'âme repose en Dieu, et que jamais je ne brûle dans mes tonnes plus d'une once de soufre, toutes choses que vous pouvez reconnaître à l'excellence de mon vin, mes dignes sires. »

Spangenberg s'efforça de reprendre un visage serein, et Paumgartner parla d'autres choses. Mais, comme il arrive toujours qu'un instrument devenu discord tend sans cesse à se désaccorder davantage, plus le maître s'efforce à ramener les tons à leur harmonie primitive, ainsi les paroles des trois vieillards ne pouvaient se remettre à l'unisson. Spangenberg appela ses écuyers, et quitta mécontent la maison de maître Martin, où il était entré de bonne humeur.

IV

La prédiction de la vieille grand'mère

Maître Martin, un peu confus de la retraite subite du vieux chevalier, dit à Paumgartner, qui buvait son dernier verre de vin et se disposait à s'éloigner à son tour : « Je ne sais pas du tout ce que ce brave seigneur voulait de moi, et j'ignore comment il a pu se fâcher de mes paroles. — Mon cher maître Martin, dit Paumgartner, vous êtes un homme probe et pieux, et il est bien permis de faire quelque cas de ce que le Ciel et notre travail nous ont donné en richesses et en honneurs ; mais ce sentiment ne doit pas éclater en fastueuses paroles ; cela est contraire aux pensées d'un chrétien. Déjà, dans l'assemblée d'aujourd'hui, vous n'avez pas convenablement agi en vous mettant au-dessus de tous les autres maîtres : il se peut que vous vous entendiez mieux à votre métier que tous les autres ; mais que vous leur jetiez ce reproche au visage, cela ne pouvait exciter que de l'humeur et du mécontentement. Et, ce soir, vous mettez le comble à l'œuvre ! Il ne se peut pas que vous soyez assez aveuglé pour voir dans les parole de messire de Spangenberg autre chose qu'une plaisante manière d'éprouver jusqu'où vous poussez votre orgueil exagéré. Le digne seigneur a dû se trouver blessé en vous entendant traiter de bassesse avide toute démarche faite par un gentilhomme pour obtenir la main de votre fille. Et tout se serait encore bien passé, si vous aviez changé de manière lorsque le chevalier se mit à parler de son fils ; si vous lui eussiez dit : « Mon digne et noble seigneur, dans un cas semblable, un tel honneur, auquel je ne suis pas préparé, ne me permettrait pas d'être bien maître de ma résolution. » Alors, sans doute, le chevalier aurait repris sa bonne humeur et se fût retiré joyeux comme il était entré. — Grondez-moi bien, dit Martin, je l'ai mérité. Mais, lorsque ce vieux seigneur se mit à dire des choses si déraisonnables, ce fut comme si on me serrait la gorge, et je ne pus répondre autre chose. — Et puis, la singulière idée ! continua Paumgartner : ne vouloir absolument donner votre fille qu'à un tonnelier. Au Ciel, dites-vous, doit être confié son sort futur, et cependant vous vous opposez avec une obstination terrestre aux projets de la Providence, en désignant d'avance la classe dans laquelle vous voulez que soit choisi votre gendre : cela peut vous causer des chagrins, à vous et à Rosa. Maître Martin, renoncez à ces folies qui ne sont pas dignes d'un chrétien, et laissez s'accomplir les vues du Ciel, qui inspirera à votre fille les sentiments qu'elle doit avoir pour être heureuse. — Ah ! mon digne sire, dit maître Martin d'un ton d'humilité, maintenant je vois combien j'ai mal fait de ne pas tout dire d'abord. Vous pensez que l'estime que j'ai pour ma profession m'a seule amené à la résolution irrévocable de ne donner Rosa en mariage qu'à un tonnelier ; mais il n'en est pas ainsi : il y a encore sous main un motif secret et merveilleux. Je ne puis vous laisser partir sans que vous ayez tout appris : il ne faut pas que vous passiez la nuit à murmurer contre moi. Asseyez-vous, je vous en prie en grâce ; demeurez encore quelques instants. Voyez, il reste encore une bouteille de mon plus vieux vin, que le chevalier mécontent a dédaignée : laissez-moi vous la faire goûter. »

Paumgartner s'étonna de l'empressement de maître Martin, ce qui n'était nullement dans sa nature, et il lui sembla que le vieux tonnelier avait un poids sur le cœur, dont il voulait se débarrasser. Après que Paumgartner se fut assis et qu'il eut bu un verre de vin, maître Martin commença de la sorte : « Vous savez, mon digne sire, que ma brave femme mourut en couches de Rosa. Dans ce temps-là vivait encore ma vieille grand'mère, si être sourd, aveugle, à peine capable de parler, privé de l'usage de tous ses membres et enfoncé jour et nuit dans son lit, peut s'appeler *vivre*. Ma Rosa venait d'être baptisée, et la nourrice était assise avec l'enfant dans la chambre où se trouvait la vieille grand'mère. J'étais si triste, et, quand je regardais l'enfant, j'étais si joyeux et si affligé à la fois, que je me sentais incapable de me livrer au moindre travail ; tout silencieux et rentré en moi-même, je me tenais près du lit de ma grand'mère, que je regardais comme bien heureuse, puisqu'elle était déjà débarrassée de toutes les douleurs de la terre. Et, pendant que j'étais à regarder son visage pâle, elle commença à sourire singulièrement, et il me sembla que ses joues effacées reprenaient leurs couleurs… Elle se releva tout à coup, étendit ses bras impotents avec une force surnaturelle, et dit d'une voix douce et distincte : « Rosa, ma chère Rosa ! » La nourrice se leva et lui porta l'enfant, qu'elle prit et berça dans ses bras. Mais, mon digne sire, peignez-vous mon étonnement, ma frayeur, lorsque la vieille se mit à chanter d'une voix forte cette chanson, à la joyeuse manière de messire Hans Berckler, hôtelier au Saint-Esprit, à Strasbourg :

Tendre fillette aux joues rosées,
Rose, écoute la leçon
Qui te gardera de soucis ;
Surtout, défends ton cœur de fols désirs.
Il te viendra
Une brillante maisonnette
Où se joueront des flots écumeux,
Où chanteront à plein gosier
De joyeux angelots.
Écoute, écoute leurs chants,
Qu'ils résonnent doucement !
Celui qui te fera ce don,
Tends-lui la main,
Mène-le vers ton père,
C'est lui qui sera ton époux,
Sa maisonnette dans la tienne
Apportera bonheur, richesse et joie.
Tendre fillette aux joues rosées,
Rose, etc.

« Lorsqu'elle eut achevé cette chanson, elle posa avec précaution l'enfant sur la couverture, et, lui touchant le front de ses mains décharnées et tremblantes, elle murmura des paroles inintelligibles ; mais, au visage inspiré de la vieille, on vit bien que c'était une prière. Ensuite sa tête retomba sur les coussins de son lit, et, au moment où la nourrice emporta l'enfant, elle poussa un gros soupir. Elle était morte ! »

Ici maître Martin se tut. « C'est une merveilleuse histoire, dit Paumgartner ; mais je ne vois pas ce que la chanson prophétique de la vieille grand'mère a de commun avec la résolution que vous avez de ne donner Rosa qu'à un tonnelier. — Ah ! répondit maître Martin, qu'y a-t-il donc au monde de plus clair que les paroles prononcées par la vieille sur Rosa, avant que de rendre son dernier soupir ? Le fiancé dont la maisonnette amènera la richesse, le bonheur et le contentement dans ma maison, qui serait-ce donc, sinon un bon tonnelier qui fera chez moi son chef-d'œuvre, sa brillante tonne ? Dans quelle autre maisonnette que dans les tonneaux s'agitent des flots écumeux ? Et, quand le vin travaille, alors il murmure et bouillonne ; ce sont les petits angelots qui chantent joyeusement. Oui, oui ! la grand'mère a voulu indiquer un maître tonnelier, et un tonnelier sera mon gendre. — Mon cher maître, vous expliquez à votre façon les paroles de la grand'mère. Pour moi, je ne les interprète pas ainsi, et je pense que vous devez vous soumettre à la volonté du Ciel. — Et moi, dit Martin, je pense que mon gendre sera un maître tonnelier ! »

Paumgartner était presque en colère, tant cette obstination lui semblait étrange, mais il se contint et dit en se levant : « Il est tard, Maître Martin, cessons de boire et de parler ; ces deux choses-là sont maintenant superflues. »

En passant par le vestibule, ils trouvèrent une jeune fille avec cinq enfants dont l'aîné avait à peine huit ans, et dont le plus jeune n'avait pas six mois. La mère pleurait et se lamentait. Rosa vint au-devant de son père, et dit : « Ah ! Dieu du ciel, Valentin vient de mourir ; voilà sa femme et ses enfants. — Quoi ! Valentin est mort ? s'écria maître

Martin stupéfait. Ah ! quel malheur ! quel malheur ! Pensez donc, mon digne sire, Valentin était le plus habile ouvrier de mon atelier, un homme pieux, un travailleur assidu. Il y a peu de temps, il se blessa dangereusement avec sa hache, en achevant une grande tonne. La blessure empira sans cesse, il y eut la fièvre, et voilà qu'il vient de mourir dans la fleur de ses ans. »

Maître Martin s'approcha de la pauvre femme, baignée de larmes, et qui se plaignait d'être réduite à mourir d'abandon et de misère. « Comment ! dit-il. Que pensez-vous donc de moi ? Un homme se sera blessé dans mon atelier, et sa femme mourra de faim ! Non, désormais vous êtes tous de ma maison. Demain, ou quand vous voudrez, nous enterrerons votre pauvre mari, et puis vous viendrez avec vos enfants dans ma métairie, devant la porte des femmes, où j'ai mon bel atelier ouvert et où je travaille tous les jours avec mes apprentis. Vous vous occuperez du ménage, et j'élèverai vos enfants comme s'ils étaient les miens. Et, afin seulement que vous le sachiez, je prends aussi votre vieux père dans ma maison. C'était autrefois un bon compagnon tonnelier, lorsqu'il avait de la vigueur dans les bras. Eh bien, s'il ne peut plus assembler des cercles ni des douves, il pourra polir les planches et racler avec la serpe. Bref, il sera reçu chez moi avec vous autres. »

Si maître Martin n'eût pas soutenu la pauvre femme, elle fût tombée sur le carreau, tant elle éprouvait d'émotion. Les enfants s'attachaient à son pourpoint, et les deux plus petits, que Rosa avait pris dans ses bras, étendaient leurs mains vers lui, comme s'ils eussent compris ce qui se passait. Le vieux Paumgartner s'approcha du vieux tonnelier en souriant, et lui dit, les yeux remplis de larmes : « Maître Martin, on ne peut rester fâché avec vous. »

Et il regagna sa demeure.

V

Comment les deux jeunes compagnons, Frédéric et Reinhold, firent ensemble connaissance

Sur une belle pelouse, ombragée de grands arbres, était étendu un jeune compagnon de bonne tournure, nommé Frédéric. Le soleil était sur son déclin, et ses feux rougeâtres éclairaient la campagne. De l'extrémité de l'horizon, on apercevait distinctement au loin la fameuse ville de Nuremberg qui s'étendait dans la vallée, et ses tours orgueilleuses s'élançant vers le ciel qui dorait leurs flèches. Le jeune compagnon avait appuyé son bras sur le sac de voyage qui était près de lui, et il jeta des regards pleins de désirs vers la vallée. Il cueillit quelques fleurs qui se trouvaient dans le gazon au-dessous de sa tête, et les lança négligemment dans les airs ; puis il regarda de nouveau avec tristesse autour de lui, et ses yeux se remplirent de larmes. Enfin, il se souleva et se mit à chanter d'une voix agréable une chanson où il peignait le bonheur de revoir sa ville natale et un être chéri. Après avoir chanté, Frédéric tira de son sac un morceau de cire, l'échauffa dans ses doigts, et se mit à modeler une belle rose artistement épanouie avec toutes ses feuilles. Pendant son travail, il murmurait quelques strophes de la chanson qu'il avait chantée ; et, perdu dans ses pensées, il n'apercevait pas un beau jeune homme qui s'était arrêté depuis quelque temps derrière lui et contemplait son travail. « Eh ! mon ami, dit enfin le jeune homme, c'est un morceau d'artiste que vous faites là. »

Frédéric le regarda avec effroi, mais, en voyant les yeux noirs et expressifs du jeune étranger, il lui répondit en souriant : « Ah ! mon cher sire, comment daignez-vous faire attention à un travail qui me sert de passe-temps en voyage ? — Si vous nommez passe-temps un travail aussi fini, reprit l'étranger, vous devez être un statuaire fort exercé. Vous m'avez déjà doublement charmé. D'abord par la chanson sur le mode de Martin Haescher, que vous avez si agréablement chantée ; et maintenant j'admire votre beau talent de modeleur. Où comptez-vous vous rendre aujourd'hui ? — Le but de mon voyage est là devant nos yeux, dit Frédéric. Je vais à ma ville natale, à la belle cité de Nuremberg. Mais le soleil est déjà très bas, et cette nuit, je la passerai dans ce hameau là-bas, puis demain, au point du jour, je me remettrai en route, et à midi j'arriverai à Nuremberg. — Eh ! comme cela se trouve bien ! s'écria le jeune homme ; nous faisons même route ; je vais aussi à Nuremberg. Je passerai la nuit avec vous dans ce village ; et demain, nous partirons ensemble. Mais, en attendant, causons un peu. »

Le jeune homme, qui se nommait Reinhold, se jeta sur le gazon, auprès de Frédéric, et continua : « N'est-ce pas, je ne me trompe point, vous êtes un habile fondeur, ou du moins vous travaillez l'or et l'argent ? »

Frédéric baissa les yeux, et dit d'un ton d'humilité : « Ah ! mon cher sire, vous me tenez pour quelque chose de mieux et de plus élevé que je ne suis en effet. Je vous dirai tout simplement que j'ai appris la profession de tonnelier, et que je vais à Nuremberg prendre du travail chez un maître connu. Vous allez bien me mépriser, maintenant que vous savez que je ne modèle pas de belles statues, mais que j'enfonce des cercles autour des tonneaux. » Reinhold se mit à rire aux éclats, et s'écria : « Vraiment, cela est fort plaisant ! Je vous mépriserais parce que vous êtes tonnelier ; et moi… moi, je ne suis pas autre chose ! »

Frédéric le regarda fixement ; il ne savait que penser, car le costume de Reinhold n'annonçait pas le moindrement un compagnon tonnelier en voyage. Son pourpoint de fin drap noir garni de velours, sa belle fraise, sa courte et large épée, sa barrette ornée d'une longue plume tombante, lui donnaient l'apparence d'un riche marchand, bien que l'expression singulière et hardie répandue dans ses traits éloignât de lui toute idée de commerce. Reinhold s'aperçut des doutes de Frédéric, et, ouvrant son sac, il en tira son tablier de tonnelier et sa serpe. « Regarde, mon ami ! s'écria-t-il. Doutes-tu encore que je sois ton camarade ? Je vois que mon costume t'étonne ; mais je viens de Strasbourg où les tonneliers s'habillent comme des gentilshommes. Sans doute, comme toi, j'aurais eu quelque envie de prendre un autre métier ; mais celui de tonnelier me semble aujourd'hui préférable à tous, et j'y fonde quelques espérances. N'en est-il pas ainsi de toi, camarade ? Mais il me semble presque qu'un nuage sombre a obscurci la joie de ta belle jeunesse. La chanson que tu chantais était pleine de désirs et de douleurs ; il s'y trouvait des plaintes qui me semblaient sorties de mon cœur, et je devinais les paroles avant que tu les eusses prononcées. C'est une raison de plus pour me faire tes confidences, et d'ailleurs ne serons-nous pas tous deux amis et compagnons à Nuremberg ? »

À ces mots, Reinhold regarda amicalement Frédéric et lui tendit la main. « Plus je te vois, camarade, répondit Frédéric, plus je me sens attiré vers toi, et plus une voix s'élève dans mon âme, qui répète comme un écho tes paroles amicales. Il faut que je te dise tout. Non pas qu'un pauvre diable comme moi ait des secrets importants à confier, mais parce qu'il y a toujours place pour nos douleurs dans le cœur d'un ami, et, dès les premiers moments de notre connaissance, je te regarde déjà comme un ami fidèle. Me voici devenu tonnelier, et je puis me vanter de connaître mon état ; mais depuis mon enfance j'étais porté de toute mon âme vers une plus belle profession. Je voulais devenir un grand maître dans l'art de fondre le bronze et de ciseler l'argent comme Peter Fischer ou l'Italien Benvenuto Cellini. Je travaillais avec un zèle ardent chez messire Johannès Holzschuer, le célèbre ciseleur à Nuremberg ; il ne fondait pas lui-même, mais il savait donner les meilleurs enseignements. Maître Tobias Martin, le tonnelier, venait souvent avec sa fille, la belle Rosa, dans la maison de messire Holzschuer. Sans m'en apercevoir moi-même, je pris de l'amour. Je quittai ma patrie, et j'allai à Augsbourg pour me perfectionner dans mon art ; mais alors je sentis bien vivement le feu qui me dévorait. Je ne voyais, je n'entendais que Rosa ; tous les efforts, tous les travaux, qui ne devaient pas me conduire à la posséder, ne me causaient que du dégoût. Je pris la seule route qui devait me mener à ce but. Maître Martin ne veut donner sa fille qu'au tonnelier qui fera le meilleur chef-d'œuvre dans sa maison, et qui plaira du reste à Rosa. Je jetai de côté le ciseau, et j'appris le métier de tonnelier. Maintenant je veux aller à Nuremberg et travailler chez maître Martin. Mais, depuis que la ville est là, devant moi, et que l'image de Rosa se montre plus vivement à mes yeux, j'expire presque de crainte et d'effroi, et je vois toute la folie de mon entreprise. Sais-je donc si Rosa m'aime, si jamais elle m'aimera ? »

Reinhold avait écouté l'histoire de Frédéric avec une attention toujours croissante. Il appuya sa tête sur son bras, et demanda d'une voix sourde : « Rosa vous a-t-elle jamais donné un gage d'amour ? — Ah ! répondit Frédéric, Rosa était plus une enfant qu'une jeune fille lorsque je quittai Nuremberg. Elle me voyait avec plaisir, elle me souriait gaiement quand je lui tressais des couronnes dans le jardin de messire Holzschuer, mais… — Alors tout espoir n'est pas perdu ! » s'écria tout à coup Reinhold avec tant de violence et d'une voix si éclatante que Frédéric en tressaillit. À ces mots, il se releva si brusquement que son épée retentit à son côté ; lorsqu'il fut debout, le clair-obscur du crépuscule, éclairant son visage pâle, donna à ses traits une expression si dure et si farouche que Frédéric ne put s'empêcher de lui demander quel sentiment l'avait agité d'une façon si subite. Il s'était relevé à son tour ; en se reculant, son pied heurta contre le sac de Reinhold, il en sortit un accord murmurant, et Reinhold s'écria avec colère : « Méchant compagnon, ne brise pas mon luth ! » L'instrument était attaché sur le sac avec une courroie, Reinhold la déboucla, et en toucha les cordes si impétueusement qu'il semblait vouloir les briser. Mais bientôt son jeu devint doux et harmonieux. « Viens, mon frère, dit-il d'un ton calme, viens avec moi au village. Je porte là dans mes mains un excellent moyen de bannir les méchants esprits qui pourraient se trouver sur notre chemin, et qui m'en veulent, à moi, particulièrement. — Eh ! mon cher camarade, qu'avons-nous à redouter des méchants esprits ?… Mais ton jeu est fort agréable ; continue, je t'en prie ! »

Les étoiles d'or avaient percé l'azur foncé du ciel, le vent du soir passait en murmurant sur les prairies parfumées, les ruisseaux coulaient plus rapidement, les arbres se balançaient avec plus de force, tandis que Frédéric et Reinhold descendaient la vallée en jouant du luth et en chantant, et les sons de leurs chansons amoureuses s'élevaient dans les airs, comme portées sur les ailes des chérubins. Arrivés à leur gîte, Reinhold se débarrassa avec vivacité de son sac et de son instrument, et pressa impétueusement contre son sein Frédéric, qui sentit tomber sur ses joues les larmes brûlantes que répandait son jeune compagnon.

VI

Comment les deux jeunes apprentis, Reinhold et Frédéric, furent reçus dans la maison de maître Martin

Le lendemain matin, en se réveillant, Frédéric n'aperçut pas son nouvel ami, qui s'était jeté, la veille, sur un lit de paille, auprès de lui ; et, comme il ne vit pas non plus le luth et le sac de voyage, il pensa que Reinhold avait eu ses raisons pour prendre une autre route. Mais à peine Frédéric fut-il sorti de la maison que Reinhold, son sac de voyage sur le dos, vint au-devant de lui. Il portait son luth sous son bras, et il était vêtu tout différemment que la veille : il avait ôté sa barrette à plumes, déposé son épée, et, au lieu de son pourpoint de velours, il avait endossé une casaque unie, de couleur grise. « Eh bien ! frère, dit-il gaiement à son camarade étonné ; eh bien ! frère, me tiens-tu maintenant pour un vrai compagnon ? Mais écoute, pour quelqu'un qui a de l'amour, tu as bien bravement dormi. Vois comme le soleil est déjà élevé. Allons, mettons-nous tout de suite en route. »

Frédéric était silencieux et renfermé en lui-même ; il répondait à peine aux questions de Reinhold, et n'entendait pas ses plaisanteries. Reinhold, d'une impétuosité sans égale, sautait çà et là, chantait et jetait sa barrette dans les airs. Mais lui aussi devint plus silencieux, plus ils approchaient de la ville. « Je ne puis marcher davantage, tant je suis saisi d'un doux effroi et d'une inquiétude que je ne puis exprimer. Reposons-nous un peu sous ces arbres », dit Frédéric au moment où ils se trouvaient presque arrivés à la porte de Nuremberg ; et il s'étendit sur le gazon.

Reinhold s'assit auprès de lui, et dit après quelques instants : « Hier soir, j'ai dû te paraître bien singulier, mon cher frère. Mais, lorsque tu me racontais ton amour et que tu te montrais si malheureux, il me passa mille folles idées par la tête, qui me troublaient et qui m'eussent rendu fou, si ton chant et mon luth n'eussent chassé les mauvais esprits. Ce matin, lorsque le premier rayon du soleil me réveilla, j'avais retrouvé toute ma gaieté. Je courus dans la campagne, et, en passant au milieu des buissons fleuris, il me vint une foule d'idées agréables. Je songeais à la manière dont je t'avais rencontré, et comme mon cœur s'était senti porté vers le tien. Une histoire qui se passa en Italie, il y a quelque temps, pendant que je m'y trouvais, me vint à la mémoire. Je veux te la conter, car elle montre bien vivement ce que peut faire l'amitié. Il arriva qu'un noble prince, ami zélé et protecteur des beaux-arts, offrit un prix élevé pour un tableau dont il détermina le sujet, magnifique, il est vrai, mais fort difficile à traiter. Deux jeunes peintres qui étaient liés par l'amitié la plus étroite résolurent de concourir pour ce prix. Le plus âgé des deux, mieux expérimenté dans le dessin et dans l'art d'ordonner les groupes, eut bientôt conçu et tracé le tableau ; tandis que le plus jeune, déjà découragé dès le premier jet, eût entièrement renoncé à son projet, si son ami ne l'eût rassuré sans relâche par ses conseils. Mais, lorsqu'ils commencèrent à peindre, le plus jeune, passé maître dans l'art des couleurs, sut donner à son camarade plus d'un avis dont celui-ci profita avec succès ; si bien que jamais le plus jeune n'avait aussi parfaitement dessiné un tableau, et que jamais le plus âgé n'avait poussé le coloris avec autant de vigueur. Lorsque les deux tableaux furent terminés, les deux peintres tombèrent dans les bras l'un de l'autre, chacun était profondément ravi du travail de l'autre, chacun d'eux reconnaissait que l'autre avait mérité le prix. Enfin, il se trouva que le prix fut accordé au plus jeune, qui s'écria tout confus : « L'ai-je donc mérité ? Qu'aurais-je pu faire sans les conseils de mon ami, sans sa vigoureuse assistance ? » L'autre lui répondit : « Et ne m'as-tu pas aussi assisté de tes conseils ? mon tableau n'est pas mauvais, grâce à tes soins ; mais le tien mérite la préférence. Concourir au même but avec zèle et franchise, c'est le devoir de deux amis, le laurier que l'on obtient doit aussi honorer l'autre. » N'est-ce pas, Frédéric, le peintre avait raison ? Concourir pour un même prix doit unir deux amis véritables au lieu de les diviser. Une misérable envie ou une haine vulgaire doivent-elles trouver place dans de nobles âmes ? — Jamais, répondit Frédéric ; oh ! certes, jamais. Nous sommes devenus frères et amis ; dans peu de temps, nous ferons tous deux, à Nuremberg, notre œuvre de maître, une belle tonne poussée sans feu ; mais le Ciel me préserve d'éprouver la moindre jalousie si la tienne était mieux que la mienne, mon cher Reinhold. — Ah ! ah ! ah ! s'écria Reinhold en riant aux éclats, repose-toi sur moi de ton œuvre de maître, tu la feras à la satisfaction de tous les tonneliers. Et, afin que tu n'en ignores, pour ce qui concerne les dimensions et la proportion, la belle courbure des cercles, tu as trouvé en moi ton homme. Nous chercherons du bois de tronc de chêne coupé en hiver, sans piqûres de vers, sans bandes rouges et blanches et sans nœuds ; tu peux t'en fier à mes yeux pour cela. Et je n'en ferai pas moins mon chef-d'œuvre de façon à contenter tout le monde. — Mais, Dieu éternel ! s'écria Frédéric, que faisons-nous là à babiller sur notre meilleur chef-d'œuvre ? Sommes-nous donc en concurrence pour mériter Rosa ? En vérité, la tête me tourne. — Eh ! frère, dit Reinhold en riant toujours, il n'a pas été du tout question de Rosa. Tu es un rêveur. Allons, lève-toi, et gagnons la ville. »

Frédéric se leva et se mit en route l'esprit tout troublé. Lorsqu'ils furent entrés dans une auberge pour se laver et se rajuster, Reinhold dit à Frédéric : « En vérité, pour moi je ne sais chez quel maître aller à l'ouvrage ; et je pense, mon cher frère, que tu m'emmèneras volontiers avec toi chez maître Martin. Penses-tu réussir à travailler dans son atelier ? — Tu m'ôtes du cœur un lourd fardeau, répondit Frédéric ; avec toi, je serai moins timide, et j'aurai moins de peine à surmonter ma frayeur. »

Alors les deux jeunes compagnons se dirigèrent vers la maison du célèbre maître tonnelier, Tobias Martin.

C'était justement le dimanche où maître Martin donnait son repas d'échevin, et à l'heure du repas. En entrant dans la maison, Frédéric et Reinhold entendirent d'abord le retentissement des verres et le joyeux bruit que faisaient à table les convives. « Ah ! dit Frédéric un peu intimidé, nous arrivons dans un moment peu favorable. — Je pense au contraire, dit Reinhold, que nous arrivons au bon moment : car, dans un joyeux festin, maître Martin est sans doute de bonne humeur et disposé à accéder à notre demande. »

Bientôt après arriva maître Martin, dans ses habits de fête, le nez et les joues animés d'un épais vermillon. Dès qu'il aperçut Frédéric, il s'écria : « Voyez donc, c'est Frédéric ! Mon bon garçon, te voilà donc revenu ? C'est fort bien ! et te voilà tout entier adonné au magnifique état de tonnelier ! Il est vrai que messire Holzschuer fait une terrible grimace lorsqu'on parle de toi ; il prétend qu'il s'est perdu un grand artiste en ta personne, et que tu aurais fait de jolies figures et des balustres comme on en voit à Saint-Sébald et à la maison de Fugger à Augsbourg ; mais c'est un sot bavardage, et tu as bien fait de te tourner vers les bonnes choses : sois donc mille fois le bienvenu chez moi ! »

À ces mots, maître Martin le prit par les épaules, et le serra rudement dans ses bras. Frédéric sembla renaître à l'accueil amical de maître Martin : toute sa timidité disparut, et il fit au maître sa demande avec rondeur, non pas seulement pour lui-même, mais aussi pour son ami Reinhold. « Eh bien, dit maître Martin, cela se trouve parfaitement, et vous ne pouviez mieux venir : car le travail augmente, et nous manquons de travailleurs. Soyez donc bien arrivés tous les deux ; déposez vos sacs et entrez. Le repas est presque achevé ; mais vous pouvez encore prendre place à table, et Rosa aura soin de vous. »

En parlant ainsi, maître Martin entra dans la salle avec les deux compagnons. On y voyait tous les honorables maîtres de la corporation avec messire Jacobus Paumgartner, tous l'œil vif et le visage florissant. Le dessert venait d'être servi, et un vin plus précieux jaunissait dans les grands verres. C'était le moment où chaque convive parle d'une chose différente, où tous croient cependant se comprendre, et où l'on rit en éclats sans savoir pourquoi. Mais, dès que maître Martin, prenant les deux jeunes gens par la main, annonça que deux compagnons pourvus de bons témoignages allaient entrer chez lui, l'assemblée devint calme, et chacun regarda avec attention les nouveaux venus. Reinhold promenait ses regards autour de lui presque avec orgueil ; mais Frédéric baissa les yeux et se mit à tourner sa barrette dans ses mains. Maître Martin leur indiqua deux places au bas bout de la table ; mais c'étaient justement les meilleures qu'il y eût : car, peu de moments après, Rosa vint s'asseoir entre eux, et leur servit des mets agréables et un vin excellent. La charmante Rosa, dans tout l'éclat de la grâce et de la beauté, brillante d'attraits, assise entre ces deux beaux jeunes hommes, au milieu de tous ces vieux maîtres barbus, c'était un tableau ravissant à contempler ; on était tenté de les comparer tous les trois à un nuage blanc et brillant sur un ciel sombre, ou à trois beaux arbustes chargés de fleurs, qui élèvent leurs têtes éclatantes au-dessus d'un gazon pâle et desséché. Frédéric pouvait à peine respirer, tant il éprouvait de joie et de bonheur ; ce n'était qu'à la dérobée qu'il se hasardait à lancer un regard sur celle qui remplissait son âme. Ses yeux étaient fixés sur son assiette, comme s'il lui eût été impossible d'y toucher. Pour Reinhold, ses yeux, d'où s'échappaient des regards étincelants, se portaient sans cesse sur la charmante vierge, et il commença à raconter ses longs voyages d'une façon si merveilleuse que jamais Rosa n'avait ouï un tel langage. Il lui semblait que tout ce dont parlait Reinhold se levât vivant devant elle, au milieu de figures sans cesse changeantes. Elle était tout yeux, tout oreilles, et elle ne savait ce qui se passait en elle lorsque Reinhold, dans le feu de son discours, prenait sa main et la pressait avec ardeur. « Mais, Frédéric, dit Reinhold en s'interrompant tout à coup, pourquoi restes-tu donc ainsi muet et immobile ? As-tu perdu l'usage de la parole ? Allons, trinquons à la santé de la chère et belle demoiselle qui nous traite si bien. »

Frédéric saisit d'une main tremblante le grand verre que Reinhold avait rempli jusqu'aux bords, et celui-ci le força de le vider jusqu'à la dernière goutte. « Maintenant, à la santé de notre brave maître ! » s'écria Reinhold ; et il remplit de nouveau le verre de Frédéric, qui fut une seconde fois forcé de le vider. Alors, les esprits fumeux du vin montèrent à son cerveau et agitèrent son sang paisible, qui circula en bouillonnant dans toutes ses veines. « Ah ! j'éprouve un bien-être inexprimable, murmura-t-il en rougissant ; jamais je n'ai éprouvé autant de bonheur. » Rosa, qui interprétait sans doute ses paroles autrement, lui souriait avec douceur. « Chère Rosa, dit Frédéric, enfin débarrassé de toute retenue, ne vous souvenez-vous donc plus du tout de moi ? — Eh ! mon cher Frédéric ! répondit Rosa les yeux baissés, comment serait-il possible que je vous eusse oublié en si peu de temps ? Chez le vieux Holzschuer... Dans ce temps-là j'étais encore une enfant, et vous ne dédaigniez pas de jouer avec moi, et vous saviez toujours inventer quelque joli jeu. J'ai encore la charmante petite corbeille en filigranes d'argent dont vous me fîtes présent à Noël, et je la conserve soigneusement comme un précieux souvenir. »

Des larmes brillèrent dans les regards radieux du jeune compagnon ; il voulut parler, mais ses paroles ne s'échappèrent de sa poitrine qu'en sons inarticulés et faibles comme des soupirs : « Ô Rosa ! ... chère... Rosa ! ... — j'ai toujours désiré sincèrement de vous revoir, reprit Rosa, mais je n'aurais jamais pensé que vous deviendriez un jour un tonnelier. Ah ! quand je pense aux belles choses que vous faisiez autrefois chez maître Holzschuer ; c'est cependant dommage que vous ne soyez pas resté artiste. — Ah ! Rosa, dit Frédéric, ce n'est que pour vous que j'ai renoncé à ma profession chérie. »

À peine Frédéric eut-il prononcé ces mots qu'il eût voulu s'abîmer dans le sein de la terre pour cacher sa frayeur et sa honte. L'aveu était venu malgré lui sur ses lèvres. Rosa détourna le visage, et Frédéric chercha en vain des paroles pour s'excuser. En ce moment, messire Paumgartner frappa à plusieurs reprises sur la table avec le manche de son couteau, et annonça à la société que messire Vollrad, digne maître chanteur, allait commencer une chanson. Messire Vollrad se leva aussitôt, et chanta une belle chanson sur le mode de Hans Vogelgesang, qui réjouit grandement l'assistance et fit sortir Frédéric lui-même de sa sombre rêverie. Après que maître Vollrad eut chanté encore plusieurs chansons sur d'autres modes agréables, tels que le mode paradisien, le mode orangé et d'autres, il se prit à dire que, s'il se trouvait à la table quelqu'un exercé dans l'art divin des maîtres chanteurs, il attendait qu'on lui ferait entendre d'autres chansons. Reinhold se leva et dit que, s'il était permis de s'accompagner du luth, à la manière d'Italie, il essayerait de répondre à cet appel. Personne ne s'y opposant, il alla chercher son instrument, et, après avoir légèrement préludé, il chanta la chanson suivante :

Avez-vous vu la source
D'où coule
Un vin généreux ?
Sous un bois arrondi
On l'entend murmurer ;
Son parfum, son bouquet,
Se répandent à la ronde.
Qui l'a conservé ?
Quelle main habile
Sous les cercles mobiles
À renfermé ses esprits ?
C'est un tonnelier !
Joyeux compagnon,
Habile dans son art,
Ami du bon vin
Qu'il loge si bien…
Écoutez murmurer
Dans le verre
Ce vin pétillant :
Il chante la louange
Du bon tonnelier
Qui l'a conservé.

Cette chanson fit un plaisir extrême à l'assemblée, et particulièrement à maître Martin, dont les yeux brillaient de joie et de plaisir ; sans faire attention à Vollrad, qui s'étendait longuement sur la manière de Hans Muller, que, disait-il, le compagnon avait fort bien imitée, maître Martin se leva de sa place et s'écria en agitant le grand verre qui servait à la ronde : « Viens ici, mon brave tonnelier et maître chanteur, viens ici ; tu videras ce verre avec ton maître ! »

Reinhold obéit. En revenant à sa place, il dit bas à l'oreille de Frédéric qui rêvait profondément : « Chante maintenant ta chanson d'hier soir. — Y songes-tu ? » répondit Frédéric tout irrité.

Mais Reinhold, s'adressant à l'assemblée : « Mes vénérables sires et maîtres, dit-il, voici mon cher frère Frédéric qui sait un grand nombre des plus belles chansons, et qui a une voix plus agréable que la mienne ; mais son gosier est encore desséché par la poussière de la route, et il vous servira son talent une autre fois ! »

On se mit alors à louer Frédéric de toutes parts, comme s'il eût déjà chanté. Plusieurs maîtres prétendirent même que sa voix était en effet plus agréable que celle du compagnon Reinhold, et Vollrad, après avoir vidé un plein verre, soutint gravement que Frédéric imitait mieux les beaux modes allemands que Reinhold, dont le chant était trop italien. Mais maître Martin rejeta sa tête en arrière, se frappa son gros ventre à le faire retentir, et s'écria : « Ce sont mes compagnons ! Je dis mes compagnons ! les compagnons de Tobias Martin, maître tonnelier à Nuremberg. » Et tous les maîtres baissèrent la tête en signe d'assentiment, et dirent en faisant tomber les dernières gouttes de leurs grands verres : « Oui, ce sont de braves compagnons, Maître Martin ! »

Chacun alla enfin prendre du repos. Maître Martin fit donner à chacun des deux nouveaux venus une belle chambre dans sa maison.

VII

Comment un troisième compagnon se présenta dans la maison de maître Martin, et ce qui en advint

Lorsque les deux compagnons Frédéric et Reinhold eurent travaillé quelque temps dans l'atelier de maître Martin, celui-ci remarqua que, pour ce qui concernait les proportions, les courbes et les cercles, Reinhold n'avait pas son égal ; mais il n'en était pas ainsi quand il s'agissait de travailler sur l'établi, de manier la hache ou le maillet : Reinhold se fatiguait alors presque aussitôt, tandis que Frédéric rabotait et cognait au contraire sans se lasser. Mais ce qu'ils avaient de commun l'un avec l'autre, c'était une conduite honnête, une gaieté constante et une humeur aimable. En outre, ils n'épargnaient pas leur gosier, tout en travaillant, surtout en présence de la belle Rosa ; et leurs voix, qui s'accordaient très bien ensemble, formaient des concerts fort harmonieux. Quelquefois, lorsque Frédéric jetait un regard langoureux sur Rosa, il penchait à tomber dans un mode languissant ; mais Reinhold entonnait aussitôt une chanson comique qu'il avait composée, et qui commençait ainsi :

La tonne n'est pas la lyre,
La lyre n'est pas la tonne.

Maître Martin laissait alors retomber le maillet qu'il venait de lever pour enfoncer un cercle, afin de se tenir le ventre, tant il étouffait de rire. En général, les deux compagnons, Reinhold surtout, s'étaient insinués dans les bonnes grâces de maître Martin, et il était facile de voir que Rosa cherchait maint prétexte pour se montrer plus souvent dans l'atelier et y rester plus longtemps qu'autrefois.

Un jour, maître Martin entra, tout pensif, dans son atelier de la porte des Femmes, où l'on travaillait durant l'été. Reinhold et Frédéric venaient de monter un petit tonneau. Maître Martin se plaça devant eux, les bras croisés, et dit : « Je ne saurais vous dire combien je suis content de vous, mes chers enfants, mais je me trouve dans un grand embarras. Ils écrivent du Rhin que la présente année sera encore plus bénie que toutes les autres, quant à ce qui concerne la vigne. Un savant a annoncé que la comète qui se montre au ciel fertilisera la terre de ses rayons merveilleux. Toute la sève qu'elle renferme, et dont l'ardeur durcit dans son sein les métaux, affluera à sa surface et se répandra dans les ceps altérés, qui s'enlaceront dans leur ardeur et engendreront des milliers de grappes pleines de ce feu liquide dont la vigne aura été arrosée. Ce n'est, ajouta-t-il, que dans trois cents ans qu'on reverra une semblable constellation. Il y aura donc du travail par-dessus la tête. Et, en outre, voilà que le très digne évêque de Bamberg m'écrit et me commande une grande tonne : nous ne suffirons jamais à tout cela, et il faut que je me pourvoie d'un vigoureux compagnon. Mais je ne voudrais pas prendre le premier qui se trouvera dans la rue, et cependant j'ai le feu sous les ongles ; si vous connaissez un brave compagnon que vous verriez avec plaisir entre vous, nommez-le-moi ; je le ferai venir, dût-il m'en coûter une somme ronde. »

À peine maître Martin avait-il prononcé ces paroles qu'un jeune homme d'une haute taille entra avec fracas dans l'atelier, et s'écria d'une voix forte : « Eh là ! est-ce ici l'atelier de maître Martin ? — Sans doute, répondit maître Martin en s'avançant vers le jeune homme, sans doute, c'est ici ; mais vous n'avez pas besoin de crier comme si vous vouliez tout tuer, et de frapper sur toutes mes tonnes. On ne se présente pas ainsi chez les gens. — Ah ! ah ! ah ! dit le jeune compagnon en riant, vous êtes sans doute maître Martin lui-même, car, avec votre gros ventre, vos deux mentons, votre nez rouge et vos yeux brillants, vous voici bien comme on vous a décrit. Je vous salue, Maître Martin. — Eh bien ! voyons, que voulez-vous de maître Martin ? dit celui-ci avec humeur. — Je suis un compagnon tonnelier, répondit le jeune homme, et je venais vous demander si je pourrais trouver de l'ouvrage chez vous. »

Maître Martin ne revenait pas de sa surprise. Au moment même où il parlait de chercher un ouvrier, il s'en présentait un devant lui. Le vieux maître recula de deux pas et toisa le jeune homme des pieds à la tête ; et lui le regarda les yeux étincelants. En voyant la large poitrine, les muscles vigoureux, les poings énormes du jeune ouvrier, maître Martin pensa que c'était là son homme, et il lui demanda aussitôt les certificats de sa corporation. « Je ne les ai pas sur moi, répondit le jeune homme, mais je les recevrai dans peu de temps ; et je vous donne ma parole que je travaillerai fidèlement et avec zèle : cela doit vous suffire. »

À ces mots, sans attendre la réponse de maître Martin, le jeune homme se débarrassa de sa barrette et de son sac, ôta sa casaque, attacha son tablier devant lui, et lui dit : « Voyons, Maître Martin, montrez-moi tout de suite l'ouvrage que je vais faire. »

Maître Martin, ébahi des manières du jeune étranger, fut obligé de réfléchir quelques instants ; il répondit enfin : « Eh bien, compagnon, prouvez d'une seule fois que vous êtes un bon ouvrier, et faites le trou de bonde à ce tonneau qu'on vient d'achever. »

Le jeune homme s'en acquitta avec adresse et vigueur, et s'écria en riant bruyamment : « Eh bien, Maître Martin, doutez-vous maintenant que je sois un bon tonnelier ? Mais, ajouta-t-il en parcourant l'atelier et en promenant ses regards sur les pièces de bois et sur les outils, avez-vous aussi de bons ustensiles, et… Qu'est-ce que c'est que ce maillet ? c'est sans doute avec cela que jouent vos enfants ? Et cette petite hachette ? C'est bon pour des apprentis ! » À ces mots, il jeta en l'air et reçut sans efforts, dans ses mains, le lourd et énorme maillet que

Reinhold ne pouvait pas gouverner, et la hache que Frédéric maniait avec peine. Puis il roula comme des balles légères deux tonnes immenses, et, prenant une des plus grandes douves qui n'était pas encore travaillée, il s'écria : « Eh ! maître, si c'est là du bon bois de chêne, cela doit se briser comme du verre ! » Soulevant alors la douve, il en frappa une pierre, et le bois vola en mille éclats. « Mon cher ami, dit maître Martin, avez-vous dessein de jeter hors de la porte cette tonne de deux foudres, ou bien de briser tout dans l'atelier ? Vous pourriez prendre cette solive pour maillet ; et, afin que vous ayez une hache selon vos goûts, je vais envoyer chercher à la maison de ville l'épée de Roland, qui est longue de trois aunes. — Elle me conviendrait assez bien ! » répondit le jeune homme, dont les yeux étincelèrent ; mais il les baissa aussitôt et dit d'une voix plus modérée : « Je pensais, Maître Martin, que vous aviez besoin de vigoureux compagnons pour vos grands travaux, et peut-être que j'ai mis trop de jactance à vous montrer mes forces. Mais n'importe, donnez-moi du travail, je le ferai en conscience. »

Maître Martin regarda fixement le jeune homme, et dut s'avouer que jamais des traits plus honnêtes et plus nobles ne s'étaient offerts à ses yeux. Il lui sembla même que l'aspect de cette figure lui rappelait confusément un homme qu'il aimait, mais il ne put démêler ses souvenirs ; et cependant il accéda aux désirs du nouveau venu, en lui recommandant toutefois de se procurer au plus tôt les certificats de sa corporation. Pendant ce temps, Reinhold et Frédéric avaient achevé de dresser leur tonneau, et passaient les premiers cercles. En faisant cet ouvrage, ils avaient coutume de chanter ensemble une chanson, et commencèrent une ballade à la manière d'Adam Puschmann. Mais Conrad, de l'établi où l'avait placé maître Martin, s'écria : « Eh ! qu'est-ce que c'est que ces miaulements ? On dirait que les souris sifflent dans l'atelier ! Si vous voulez chanter quelque chose, chantez de façon à ranimer l'âme et à donner du cœur au travail. » À ces mots, il entonna une folle chanson de chasse, avec des cris de *halloh !* et de *hussah !* Et il imitait les aboiements des chiens lorsqu'on les découple, les fanfares et les cris perçants des chasseurs, d'une voix si éclatante que les grandes tonnes en vibraient, et que tout l'atelier retentissait du bruit de ses accents. Maître Martin se couvrit les oreilles de ses deux mains, et les enfants de femme Marthe (la veuve de Valentin), qui jouaient dans l'atelier, allèrent timidement se cacher sous les cuves. En ce moment, Rosa entra, étonnée, effrayée de ces cris terribles qui ne ressemblaient nullement à un chant. Dès que Conrad aperçut Rosa, il se tut, et, se levant, il s'approcha d'elle en la saluant avec grâce. Puis, il dit d'une voix douce, les yeux animés : « Ma belle demoiselle, quelle douce lueur s'est répandue dans cette cabane lorsque vous y avez pénétré ! Oh ! si je vous avais aperçue plus tôt, je n'aurais pas meurtri vos oreilles délicates par ma chanson de chasse. Eh ! vous autres, ajouta-t-il en se tournant vers maître Martin et les deux compagnons, cessez donc de frapper d'une façon aussi abominable. Tant que la charmante demoiselle nous honore de sa présence, il faut laisser reposer le maillet et la tringle. Sa douce voix seule doit se faire entendre. »

Reinhold et Frédéric se regardèrent avec surprise ; mais maître Martin se mit à rire aux éclats. « Allons, Conrad, s'écria-t-il, il est clair que vous êtes le plus grand fou qui ait jamais ceint le tablier ! Vous arrivez d'abord ici comme un héros sauvage voulant tout ravager ; puis vous hurlez de manière à nous fendre les oreilles, et, pour digne conclusion à toutes ces folies, vous traitez ma fillette Rosa comme une noble demoiselle, et vous lui parlez comme un gentilhomme amoureux. — Je connais fort bien votre charmante fille, Maître Martin, dit Conrad avec abandon ; mais je vous dis que c'est la plus ravissante demoiselle qui soit sur terre, et plaise au Ciel qu'elle permette au plus noble gentilhomme de la servir d'amour et d'être son paladin ! »

Maître Martin se tenait les côtés, il était sur le point d'étouffer ; enfin il parvint à recouvrer la parole après un long rire. « Bien, très bien, mon cher garçon, dit-il.

Regarde toujours Rosa comme une noble demoiselle, je te le permets. Mais aie la bonté de retourner à ton établi. »

Conrad resta comme enraciné à sa place, se frotta le front, et dit à voix basse : « C'est vrai. » Et il obéit. Rosa prit place, comme elle avait coutume de le faire, sur un petit tonneau, que Reinhold avait soigneusement essuyé, et que Frédéric avait roulé près d'elle. Les deux compagnons chantèrent. Maître Martin leur commanda de recommencer la chanson que l'impétueux Conrad avait interrompue, tandis que celui-ci, devenu silencieux et pensif, travaillait à son établi.

Quand la chanson fut achevée, maître Martin leur dit : « Le Ciel vous a accordé un don bien agréable, mes chers amis ! Vous ne pouvez pas imaginer combien je fais cas de l'art sublime de chanter. N'ai-je pas voulu aussi être maître chanteur jadis ? Mais je n'ai jamais pu y parvenir, et toutes mes peines ne m'ont valu que des dégoûts. Au concours de chant, je fais tantôt de faux accords, tantôt de faux enjolivements et de fausses mélodies ; mais on dira : "Ce que n'a pu faire le maître, ses compagnons le feront." Dimanche prochain, après le prêche de midi, il y a une séance de chant dans l'église de Sainte-Catherine. Vous pouvez tous deux acquérir beaucoup d'honneur : car, avant le chant, il y a un concours auquel chaque étranger peut prendre part. Et vous, ami Conrad, s'écria maître Martin en se tournant vers l'établi, n'avez-vous pas envie de monter au lutrin pour entonner votre belle chanson de chasse ? — Ne raillez pas, mon cher maître, répondit Conrad sans lever les yeux. Chacun à sa place ! Tandis que vous vous réjouirez en écoutant les maîtres chanteurs, moi je prendrai mon plaisir sur la prairie commune. »

Ce que maître Martin avait espéré arriva. Reinhold monta au lutrin, et chanta des airs sur différents modes, qui réjouirent tous les maître chanteurs, bien que quelques-uns pensassent que le jeune homme avait une expression étrangère qu'ils ne savaient comment qualifier. Bientôt après, Frédéric prit la place de Reinhold, ôta sa barrette, et, après avoir regardé quelques instants autour de lui et du côté de Rosa, qui soupira, il commença une magnifique cantate dans le ton fluant de Henri Frauenlob. Tous les maîtres déclarèrent d'une même voix que nul d'entre eux n'égalait le jeune compagnon.

Lorsque le soir fut venu et le concours de chant fini, maître Martin se rendit avec Rosa sur la prairie commune, afin de jouir de tous les plaisirs de cette journée. Il fut permis à Reinhold et à Frédéric de les accompagner. Rosa marchait entre eux deux. Frédéric, enivré des louanges du maître, osa glisser à la jeune fille quelques paroles qu'elle sembla ne pas entendre. Elle se tournait plus volontiers vers Reinhold, qui lui contait mille histoires plaisantes à sa manière, et qui ne craignait pas de lui prendre quelquefois la main. On entendait déjà de loin les cris joyeux qui s'élevaient de la prairie. Arrivés à la place où les jeunes gens de la ville se livraient à toutes sortes d'exercices, ils entendirent le peuple qui criait : « Gagné ! gagné ! C'est encore lui le plus fort ! Personne n'ose plus se présenter contre lui ! »

Maître Martin vit, en pénétrant dans la foule, que les éloges du peuple ne s'adressaient à nul autre qu'à son compagnon Conrad, qui avait vaincu tous ses adversaires, dans la lutte, dans la course et dans le jeu du palet. Au moment où maître Martin arriva, Conrad demandait s'il ne se trouvait personne pour s'exercer contre lui au jeu des épées émoussées. Plusieurs jeunes patriciens, habitués à ce genre de combat, consentirent à descendre dans la lice. Mais, en peu d'instants, Conrad les défit tous. Aussi ne se laissait-on pas de vanter sa vigueur et son adresse.

Le soleil était descendu sous l'horizon, les feux du soir brunissaient, et les vapeurs de la nuit montaient lentement. Maître Martin, Rosa et les deux compagnons étaient établis non loin d'une cascade fraîche et murmurante. Reinhold faisait des récits ravissants de la lointaine Italie. Mais Frédéric, silencieux et satisfait, ne détournait pas ses regards des beaux yeux de Rosa. Bientôt arriva Conrad, d'un pas incertain, et comme hésitant s'il devait se joindre à eux. Maître Martin lui cria : « Eh bien ! Conrad, approche. Tu t'es bravement comporté sur la prairie, et tu mérites bien que je t'accueille comme un de mes bons compagnons. Ne sois pas intimidé, mon garçon. Assieds-toi près de moi, je te le permets. »

Conrad lança un regard perçant au maître, qui lui faisait gracieusement signe de prendre place, et dit d'une voix sourde : « Je ne suis pas le moindrement intimidé et je ne vous ai pas demandé permission de m'asseoir là ou de ne pas m'asseoir ; d'ailleurs je ne viens pas pour vous autres. J'ai jeté tous mes adversaires sur le sable en vaillant chevalier, et je viens demander à la charmante demoiselle si, pour prix de ma bravoure, elle daignera m'accorder le joli petit bouquet qu'elle porte. »

À ces mots, Conrad fléchit un genou devant Rosa, qui détacha son bouquet en riant et lui dit : « Je sais qu'un brave chevalier tel que vous peut requérir un don d'une noble dame telle que moi ; recevez donc en signe d'honneur ce vieux bouquet fané. »

Conrad baisa le bouquet qu'elle lui présentait, et l'attacha à sa barrette, mais maître Martin se leva en s'écriant : « Assez de folies ! la nuit approche, regagnons le logis. » Il se mit le premier en marche, Conrad prit avec respect le bras de Rosa. Reinhold et Frédéric les suivirent d'un air mécontent. Les bourgeois qu'ils rencontraient s'arrêtaient et disaient : « Voyez donc le riche tonnelier Tobias Martin avec sa jolie fille et ses beaux compagnons. Voilà de braves gens ! »

VIII

Comment femme Marthe parla avec Rosa des trois compagnons. Querelle de Conrad avec maître Martin

Les jeunes filles ont coutume dès le matin de repasser avec complaisance dans leur esprit toutes les joies d'une fête de la veille, et le lendemain leur est souvent aussi doux que le jour même. C'est ainsi que, le lendemain matin, la belle Rosa était assise dans sa chambre, les mains jointes, la tête baissée, laissant reposer son rouet et son aiguille. Il se pouvait qu'elle entendît tantôt les chants de Frédéric et de Reinhold, tantôt qu'elle vît l'adroit Conrad terrassant ses adversaires, car elle murmurait tour à tour les paroles d'une chanson, ou bien elle disait à voix basse : « Vous voulez mon bouquet ? » Et alors une couleur plus vive brillait sur ses joues, ses regards étincelaient sous ses paupières abaissées, et de légers soupirs s'échappaient de son sein. Femme Marthe entra dans la chambre, et Rosa se réjouit de pouvoir raconter ce qui s'était passé dans l'église de Sainte-Catherine et sur la prairie commune. Lorsque Rosa eut achevé son récit, femme Marthe dit en souriant : « Eh bien ! chère Rosa, vous pourrez donc bientôt choisir entre ces trois prétendus ? — Au nom du Ciel, femme Marthe, comment l'entendez-vous ? moi, trois prétendus ? — Ma chère Rose, ne faites pas comme si vous ignoriez tout. Il faudrait vraiment n'avoir point d'yeux, il faudrait être entièrement aveuglé, pour ne pas voir que nos trois compagnons Reinhold, Frédéric et Conrad ont un violent amour pour vous. — Que vous figurez-vous donc, femme Marthe ? dit Rosa en mettant ses mains devant ses yeux. — Allons, enfant timide, dit femme Marthe en s'asseyant devant Rosa, regarde-moi bien fixement et ne cherche pas à nier que tu as remarqué depuis longtemps ce que les trois compagnons ont au fond du cœur. Le nieras-tu encore ? Tu vois bien que tu ne le peux pas. Il serait aussi bien merveilleux que les yeux d'une jeune fille ne vissent pas cela. Comme les regards se détachent de l'ouvrage, comme les chants prennent une autre mesure, comme tout s'anime, lorsque tu parais dans l'atelier ! Comme Reinhold et Frédéric commencent aussitôt leurs plus jolies chansons, et comme le sauvage Conrad lui-même devient doux et amical ! Chacun s'empresse auprès de toi, et quel feu anime le visage de celui que tu favorises d'un regard, d'une parole ! Ah ! ma fille, n'est-il pas bien agréable que de beaux jeunes gens rivalisent ainsi pour gagner ton cœur ? Choisiras-tu l'un de ces trois ? lequel choisiras-tu ? voilà ce que je ne saurais dire, car tu les reçois tous bien, quoique… Mais silence là-dessus. Si tu venais à moi en disant : « Conseillez-moi, femme Marthe : auquel de ces trois jeunes gens qui s'empressent autour de moi dois-je donner mon cœur et ma main ? » je te répondrais certainement : « Si ton cœur ne te le désigne pas, renvoie-les tous les trois au plus vite. » — Mais Reinhold me plaît beaucoup, et aussi Frédéric, et aussi Conrad, et puis j'ai bien quelque chose à dire contre chacun d'eux. — Oui, sans doute, chère Rosa, dirais-je, quand je vois si bien travailler les trois jeunes compagnons, je pense toujours à mon pauvre cher Valentin, et je dois dire qu'il n'aurait pas fait de meilleurs ouvrages, mais il avait un tout autre élan et une tout autre manière. On voyait qu'il y mettait toute son âme ; nos jeunes gens semblent avoir bien autre chose en tête que leur travail, et il semble qu'ils se soient imposé un fardeau qu'ils portent avec courage. C'est avec Frédéric que je m'entends le mieux ; c'est une douce et bonne âme. On dirait qu'il nous appartient davantage, à nous autres ; je comprends tout ce qu'il dit, et ce qui me plaît surtout dans ce cher garçon, c'est qu'il t'aime avec toute la timidité d'un enfant, qu'il ose à peine te regarder et qu'il rougit chaque fois que tu lui parles. »

Tandis que femme Marthe parlait ainsi, une larme se montrait dans les yeux de Rosa. Elle se leva, et dit, le visage tourné vers la fenêtre : « Sans doute, j'aime aussi Frédéric, mais il ne faut pas mépriser Reinhold. — Comment pourrait-on le mépriser ? des trois compagnons, Reinhold est le plus beau. Quels yeux ! Non, quand il vous traverse de ses regards vifs et perçants, on ne peut le supporter. Mais il y a dans toutes ses manières quelque chose de si singulier qu'il me fait vraiment peur. Je pense que maître Martin doit éprouver, en voyant Reinhold travailler dans son atelier, ce que j'éprouverais, moi, si on me mettait un ustensile d'or et de diamants dans ma cuisine pour que je m'en servisse comme d'un meuble ordinaire : je n'oserais pas y toucher. Il parle, il raconte, et tout cela résonne comme la plus douce musique, et l'on est entraîné malgré soi ; mais, lorsque plus tard je songe à ce qu'il a dit, il se trouve que je n'ai pas compris le plus petit mot. Et lorsqu'il rit et qu'il plaisante à notre manière, et qu'il est tout à fait comme nous, il prend subitement l'air si distingué qu'il m'effraye sérieusement. Cependant, je ne puis dire qu'il ait l'air de certains gentilshommes ou de nos jeunes praticiens ; non, c'est autre chose. En un mot, il me semble, Dieu sait pourquoi, comme s'il avait rapport avec des esprits, et comme s'il appartenait à un autre monde. Conrad est un compagnon sauvage et désordonné, cependant il y a aussi en lui quelque chose de distingué qui ne va pas avec le tablier ; et puis, il agit comme s'il avait le droit de commander à tous les autres. Il y a peu de temps qu'il est ici, et il a déjà réussi à faire baisser la voix de maître Martin devant la sienne. Mais néanmoins Conrad est bon et honnête ; on ne peut lui garder rancune. Je l'aime mieux même que Reinhold : car, bien qu'il parle furieusement haut, on comprend fort bien tout ce qu'il dit. Je parie qu'il a été soldat : car il s'entend très bien à manier les armes, et il a des mots de chevalier qui ne lui vont pas mal. Eh bien, voyons, ma chère Rosa, dites-moi sans détour, lequel des trois a su vous plaire ? — Ma bonne Marthe, ne m'interrogez pas ainsi. Tout ce que je puis vous dire, c'est que les manières de Reinhold ne me semblent pas aussi effrayantes que vous le dites. Il est vrai qu'il a d'autres façons que ses camarades, mais ses entretiens me causent beaucoup de charme, sa conversation est pour moi comme un beau jardin rempli de fleurs inconnues, que je me plais à contempler ; et, depuis que Reinhold est venu ici, maintes choses qui me semblaient tristes et arides ont pris à mes yeux une couleur vive et un attrait puissant. »

Femme Marthe se leva, et, menaçant Rosa du doigt, elle s'éloigna en disant : « Ah ! ah ! Rosa. C'est donc Reinhold ! Je n'aurais jamais soupçonné cela. — Je vous en prie, femme Marthe, dit Rosa en l'accompagnant jusqu'à la porte, ne soupçonnez rien, et laissez le temps accomplir les volontés du Ciel. »

Cependant l'atelier de maître Martin était fort animé. Il avait pris des ouvriers et des apprentis pour exécuter ses nouvelles commandes, et le bruit du marteau, celui du maillet, retentissaient au loin. Reinhold venait de terminer le tracé de la grande tonne destinée à l'évêque de Bamberg, et il l'avait si bien entrepris, à l'aide de Frédéric et de Conrad, que la joie de maître Martin était extrême. Celui-ci s'écria à plusieurs reprises : « Voilà ce qui se nomme un beau travail ! Ce sera une tonne comme il n'en est pas encore sorti de mon atelier, à l'exception de mon chef-d'œuvre ! »

Les trois compagnons se mirent alors à enfoncer les cercles à grands coups de maillet, et tout l'édifice retentit de leurs frappements cadencés. Le vieux Valentin rabotait avec ardeur, et femme Marthe, ses deux plus petits enfants sur ses genoux, était assise derrière Conrad, tandis que les autres plus âgés couraient et se poursuivaient, armés de longs bâtons. C'était un joyeux tumulte, et l'on aperçut à peine maître Holzschuer qui entra gravement dans l'atelier. Maître Martin vint au-devant de lui, et s'informa poliment du motif de sa visite. « Eh ! je veux voir encore une fois mon brave Frédéric qui travaille là avec tant d'ardeur, répondit Holzschuer. Et puis, mon cher maître Martin, j'ai besoin pour ma cave d'une tonne solide, et je viens vous prier de me la faire. Voyez donc, voilà justement que vos compagnons achèvent un tonneau tel qu'il m'est nécessaire ; vous pourrez me le laisser. Dites-moi seulement le prix. »

Reinhold, qui s'était assis quelques instants sur l'établi pour se reposer et prendre haleine, entendit les paroles de maître Holzschuer, et, tournant vers lui la tête, il répondit : « Eh ! mon cher maître Holzschuer, renoncez à votre envie, car cette tonne que nous travaillons là est destinée à Son Altesse l'évêque de Bamberg. »

Maître Martin, les mains croisées sur le dos, le pied gauche en avant, sa tête rejetée en arrière, jeta un regard étincelant sur la tonne, et dit avec fierté : « Mon cher maître, seulement au choix du bois et à la propreté du travail, vous auriez pu remarquer qu'un tel chef-d'œuvre ne pouvait être destiné qu'à une cave de prince. Mon compagnon Reinhold a bien parlé. Renoncez à votre envie ; mais, quand le temps des vendanges sera passé, je vous ferai faire une bonne tonne, bien solide, comme il en faut une pour votre cave. »

Maître Holzschuer, irrité de l'orgueil de maître Martin, prétendit au contraire que ses pièces d'or étaient d'un aussi bon poids que celles de l'évêque de Bamberg, et que, pour son argent, il aurait quelque autre part une tonne tout aussi belle. Maître Martin, plein de colère, eut peine à se contenir pour ne pas offenser le vieux maître, honoré dans toute la bourgeoisie ; mais, en ce moment, sa fureur concentrée éclata contre Conrad, qui frappait si violemment de son maillet qu'il semblait avoir dessein de tout briser sous ses coups. « Conrad, enragé coquin ! s'écria maître Martin. Veux-tu donc briser ce tonneau en frappant dessus comme un aveugle ? — Oh ! oh ! répondit Conrad en regardant le maître d'un air ironique. Pourquoi pas, père Martin ? » En parlant ainsi, il redoubla de coups sur le tonneau, dont les cercles éclatèrent, et dont les douves, en se détachant, renversèrent Reinhold du banc d'échafaudage sur lequel il était monté. Hors de lui de rage et de colère, maître Martin arracha des mains du vieux Valentin un bâton qu'il rabotait, et, s'élançant sur Conrad, il l'en frappa vigoureusement sur les épaules, en le traitant de chien maudit. Dès que Conrad se sentit frappé, il se retourna vivement et resta quelques moments immobile, comme éperdu ; mais bientôt ses yeux étincelèrent de rage, ses dents se choquèrent avec violence, et il s'écria : « Me battre ! me battre ! » D'un bond, il s'élança à bas de l'échafaud, et, ramassant la hache, il en porta un coup si vigoureux à maître Martin qu'il lui eût abattu la tête, si Frédéric n'eût poussé de côté le vieux tonnelier, qui reçut seulement au bras une blessure d'où l'on vit couler le sang. Lourd et peu ingambe, maître Martin perdit l'équilibre et tomba. Tout le monde se jeta devant le furieux Conrad, qui élevait en l'air sa hache sanglante, et qui criait d'une voix épouvantable : « Il faut que je l'envoie dans les enfers ! » À ces mots, il repoussa avec vigueur ceux qui l'entouraient, et il se disposait à porter au maître un second coup qui eût infailliblement achevé ses jours, lorsque Rosa, pâle d'effroi, parut à la porte de l'atelier. Dès que Conrad l'aperçut, il resta immobile comme une statue, sa hache levée. Puis il la jeta loin de lui, se frappa la poitrine de ses deux mains et s'écria d'une voix sourde : « Ô Ciel ! qu'ai-je fait ! » et s'échappa. Personne ne songea à l'arrêter.

On releva à grand'peine le pauvre maître Martin. Il se trouva que la hache n'avait touché que l'épaisse enveloppe de graisse qui recouvrait le bras, et que la blessure était légère. On retira du milieu des cercles et des douves le vieux maître Holzschuer que Martin avait entraîné dans sa chute, et l'on s'efforça d'apaiser les enfants de Marthe, qui pleuraient et criaient d'effroi. Pour le vieux maître Martin, il était tout stupéfait, et disait que, si ce compagnon endiablé ne lui avait pas gâté son plus beau tonneau, il serait satisfait et ne s'inquiéterait pas de sa blessure. On apporta une litière pour les deux vieux maîtres : car Holzschuer avait aussi reçu quelques contusions dans sa chute. Il maudit un métier qui mettait sans cesse à la main des instruments de meurtre, et conjura Frédéric de reprendre la noble profession de modeleur, qui réjouissait la vue par de gracieuses images. Frédéric et Reinhold retournèrent tristement à la ville, lorsque la nuit fut venue. Tandis qu'ils cheminaient, ils entendirent gémir sur la route, et aperçurent la taille gigantesque de Conrad. « Ah ! mes chers amis, leur dit celui-ci, ne vous détournez pas de moi. Vous me regardez certainement comme un misérable altéré de sang, mais je ne le suis nullement. Je ne pouvais agir autrement. Je devais tuer le vieux maître, et, si je faisais mon devoir, je vous suivrais et j'irais lui fendre la tête dans son logis. Mais non, non ! tout est fini, vous ne me reverrez plus. Saluez la belle Rosa. Dites-lui que je conserverai son bouquet toute ma vie, même si… Mais vous entendrez parler de moi.

« Adieu ! mes braves compagnons ! »

Et il s'échappa à travers la campagne. « Il y a quelque chose de singulier dans ce garçon, dit Reinhold, nous ne pouvons juger son action à la mesure ordinaire. Peut-être saurons-nous un jour ce mystère. »

IX

Reinhold quitte la maison de maître Martin

Autant l'atelier de maître Martin avait offert un joyeux aspect, autant alors l'apparence en était triste. Reinhold, incapable de travailler, se tenait dans sa chambre ; maître Martin, le bras en écharpe, pestait et jurait sans cesse contre le méchant compagnon qui l'avait quitté. Rosa, femme Marthe elle-même et ses enfants évitaient le lieu de cette scène folle, et les coups du maillet de Frédéric, qui travaillait seul à la grande tonne de l'évêque, retentissaient solitairement dans l'atelier, comme, au triste temps de l'hiver, la cognée du bûcheron retentit dans le bois.

Un chagrin profond remplissait l'âme de Frédéric : car il croyait avoir vu clairement que ses soupçons étaient fondés. Il ne doutait pas que Rosa n'aimât Reinhold. Elle lui avait toujours adressé de doux sourires, d'aimables paroles, et maintenant elle préférait rester seule dans sa chambre, et ne se montrait plus dans l'atelier où elle ne devait pas le revoir. Un dimanche, par une belle journée, maître Martin, qui était rétabli de sa blessure, engagea son jeune compagnon à venir avec lui et sa fille sur la prairie commune ; mais Frédéric refusa cette invitation, et courut, accablé de douleur, errer près du hameau où pour la première fois il avait vu Rosa. Il se jeta sur la petite pelouse émaillée de fleurs ; et, en songeant que la lueur d'espoir qui l'avait ramené dans sa ville natale venait de s'obscurcir au moment où il se croyait au but, ses larmes coulèrent sur les fleurs qui inclinaient mélancoliquement leurs têtes, comme si elles eussent partagé les chagrins du jeune compagnon. Ces larmes le soulagèrent. Le vent du soir murmurait dans les noirs feuillages comme des paroles consolantes, et de longues bandes dorées qui s'élevaient sur le ciel sombre lui semblaient des indices de joie et de bonheur. Frédéric se leva et se dirigea vers le hameau. Il crut alors entendre comme le pas de Reinhold retentir derrière lui, ainsi qu'il l'avait entendu le jour où il l'avait rencontré dans ce lieu. Toutes les paroles que Reinhold lui avait dites se réveillèrent à sa pensée ; lorsque enfin il se souvint du récit que Reinhold lui avait fait de la lutte des deux peintres, il lui sembla qu'un voile tombait de ses yeux. Il était bien certain que Reinhold avait déjà vu Rosa, qu'il l'avait déjà aimée. Cet amour seul l'amenait à Nuremberg, et les deux peintres n'étaient autres que lui-même et Frédéric ; le prix pour lequel ils rivalisaient, que la belle Rosa. Frédéric crut entendre une voix lui répéter les paroles que Reinhold avait dites : *Des amis doivent rivaliser noblement, sans envie et sans haine.* « Oui, s'écria-t-il, c'est à un ami que je vais m'adresser ; il m'ouvrira son cœur, il me dira lui-même si tout espoir est perdu ! »

La matinée était déjà avancée, lorsque Frédéric vint frapper à la chambre de Reinhold. Comme rien ne se faisait entendre, il poussa la porte, qui n'était pas fermée, et entra. Mais tout à coup il recula de surprise. Rosa, dans l'éclat de toutes ses grâces, de tous ses charmes, son image du moins, admirablement peinte et de grandeur naturelle, s'offrait à lui merveilleusement éclairée par les rayons du soleil levant. Le bâton de peintre jeté sur la table, les couleurs fraîchement broyées, étendues sur la palette, témoignaient qu'on venait de travailler au tableau. « Ô Rosa ! Rosa ! » murmura Frédéric perdu dans ses pensées.

Reinhold, qui était entré doucement derrière lui, lui frappa sur l'épaule en riant. « Eh bien ! Frédéric, lui dit-il, que penses-tu de mon tableau ? » Frédéric le pressa contre son cœur et s'écria : « Ô mon ami, je comprends tout maintenant. Peintre habile, tu as remporté le prix, et j'étais trop chétif pour te le disputer ! Que suis-je auprès de toi ? Qu'est mon art auprès du tien ? Hélas ! et moi aussi, j'avais quelques pensées en l'âme ! Ne ris pas de moi, mon cher Reinhold… Vois, je songeais à reproduire Rosa dans une attitude gracieuse, et à modeler son buste en argent le plus fin ! Mais toi ! toi ! … Qu'elle est belle ! comme elle nous sourit, comme elle brille de tous ses charmes ! Ah ! Reinhold, Reinhold ! homme plus qu'heureux ! oui, ce que tu as prédit est arrivé ! Nous avons lutté ensemble, tu as vaincu, tu devais vaincre, et cependant mon cœur t'appartient tout entier. Mais il faut que je quitte cette maison, que j'abandonne cette ville ; je ne puis le supporter plus longtemps, j'expirerais s'il me fallait revoir Rosa maintenant. Pardonne-moi, mon digne, mon noble ami. Aujourd'hui même, dans ce moment, il faut que je fuie, et que je fuie bien loin ! partout où me poussera mon désespoir, la blessure de mon cœur. »

À ces mots, Frédéric voulut sortir, mais Reinhold le retint et lui dit doucement : « Tu ne partiras pas, car tout peut s'arranger autrement que tu ne le penses. Il est temps de dire tout ce que je t'ai caché jusqu'à ce jour. Tu sais maintenant que je ne suis pas un tonnelier, mais un peintre ; j'espère qu'en voyant ce tableau tu as aussi appris que j'ai acquis quelque gloire dans ma profession. Dans les premières années de ma jeunesse, je passai en Italie, le pays de l'art ; là je parvins à attirer sur moi l'attention de quelques grands maîtres, dont le feu divin entretint l'étincelle que je portais en moi. Je parvins à la célébrité ; mes tableaux furent recherchés dans toute l'Italie, et le noble duc de Florence m'appela à sa cour. Dans ce temps, je ne voulais pas entendre parler de la peinture allemande, et, sans avoir vu vos tableaux, je parlais sans cesse de la sécheresse et du mauvais dessin de vos Dürer et de vos Cranach. Mais un jour, un brocanteur apporta un petit tableau de madone du vieux Dürer dans la galerie du grand-duc. Cette composition me saisit vivement ; elle fit cesser tout cet engouement pour la douceur des tableaux d'Italie, et je résolus sur l'heure d'aller contempler en Allemagne les chefs-d'œuvre pour lesquels j'éprouvais déjà de l'enthousiasme. J'arrivai ici, à Nuremberg, et, en voyant Rosa, je crus retrouver l'image animée de cette madone qui m'avait causé tant d'extases délicieuses. Il m'arriva comme à toi, mon cher Frédéric, je devins tout amour. Je ne voyais plus que Rosa ; je ne songeais qu'à elle : toute autre pensée avait disparu de mon âme, et l'art même ne me semblait valoir quelque chose que parce que je pouvais peindre et dessiner mille fois cette figure céleste. Je songeais à approcher de la jeune fille avec le sans-façon de l'Italie, mais tous mes efforts furent vains. Il m'était impossible de pénétrer dans la maison de maître Martin sous un prétexte spécieux. Je songeai enfin à m'annoncer comme un prétendu ; mais j'appris que maître Martin avait résolu de ne donner sa fille qu'à un compagnon tonnelier. J'eus alors l'aventureuse idée d'aller apprendre cette profession à Strasbourg, et de revenir travailler dans l'atelier de maître Martin ; j'abandonnai le reste à la Providence. Tu sais comment j'ai exécuté mon projet, mais il faut que tu saches aussi que maître Martin m'a dit, il y a quelques jours, que je ferais un excellent maître tonnelier, et qu'il m'accepterait avec plaisir pour gendre, car il voyait bien que Rosa m'écoutait avec plaisir. — Peut-il en être autrement ! s'écria Frédéric au désespoir. Oui, Rosa doit t'appartenir. Je n'étais pas digne de posséder un tel trésor ! — Tu oublies, frère, reprit Reinhold, que Rosa n'a pas encore confirmé les paroles du rusé père Martin ? Il est vrai que Rosa s'est toujours montrée amicale et bienveillante avec moi ; mais qu'il y a loin de là à l'amour ! Promets-moi, mon frère, de rester calme trois jours encore, et de travailler comme d'ordinaire à l'atelier. Je pourrais y travailler aussi, mais, depuis que je m'occupe de ce tableau, ce misérable métier que nous faisons là dehors me cause un dégoût horrible. Je ne pourrais jamais reprendre un maillet à la main, quoi qu'il en pût arriver. Le troisième jour, je te dirai sincèrement où j'en suis avec Rosa. Si j'étais réellement le plus heureux, celui à qui elle donne son amour, il te faudra partir et apprendre que le temps guérit les plus cruelles blessures ! »

Frédéric promit d'attendre son destin. Le troisième jour (Frédéric avait soigneusement évité les regards de Rosa), le cœur lui trembla de crainte et d'attente. Il se glissa, tout en rêvant, dans l'atelier, et sa maladresse excita plusieurs fois l'humeur de maître Martin. En général, le maître semblait avoir éprouvé quelque chose qui lui ravissait toute sa gaieté. Il parla beaucoup de vile ruse et d'ingratitude, sans expliquer plus clairement ce qu'il entendait par ces mots. Lorsque le soir fut enfin venu et que Frédéric revint à la ville, un cavalier, qu'il reconnut pour Reinhold, s'avança à sa rencontre. Dès que Reinhold aperçut Frédéric, il lui cria : « Ah ! je te cherchais. » À ces mots, il descendit de son cheval, dont il passa la bride sous son bras, et prit son ami par la main.

« Marchons un peu ensemble », dit-il.

Frédéric remarqua que Reinhold était vêtu comme à leur première rencontre, et que son cheval portait une valise. Reinhold était pâle et défait. « Bien du bonheur ! s'écria-t-il, non sans quelque violence. Allons, mon frère, tu peux frapper maintenant sans relâche sur tes tonneaux, je te cède la place. Je viens de prendre congé de la belle Rosa et du digne maître Martin. — Quoi ! s'écria Frédéric qui sembla frappé d'une commotion électrique, quoi ! tu pars lorsque maître Martin t'agrée pour gendre, lorsque tu es aimé de sa fille ? — Frère, répondit Reinhold, c'est ta jalousie qui t'a fait supposer tout cela. Il est certain que Rosa m'eût accepté pour mari par obéissance ; mais il n'y a pas dans son cœur une étincelle d'amour. Ah ! ah ! j'aurais pu devenir un parfait tonnelier, cercler et rogner toute la semaine, aller le dimanche avec ma digne femme à l'église de Sainte-Catherine ou à celle de Saint-Sébald, et le soir me promener sur la prairie commune, une année comme l'autre, jusqu'à la dernière ! — Ne raille pas de la vie simple et innocente des paisibles bourgeois, dit Frédéric en interrompant les amers éclats de rire de Reinhold. Si Rosa ne t'aime pas, ce n'est pas sa faute ; mais tu es si vif, si emporté. — Tu as raison, dit Reinhold. Mais c'est ma sotte manie de me plaindre comme un enfant, lorsque je me crois offensé. Tu penses sans doute que j'ai parlé à

Rosa de mon amour et de la bonne disposition de son père. Des larmes ont alors coulé de ses yeux, sa main a tremblé dans les miennes. En détournant son visage, elle a murmuré : « Il faut bien que j'obéisse à mon père ! » J'en ai eu assez. Il faut que je te fasse bien comprendre mon singulier mécontentement, cher Frédéric. Tu sentiras que je me suis trompé moi-même. En travaillant au portrait de Rosa, mon cœur était redevenu calme ; j'avais satisfait en peintre une passion de peintre. Ce misérable état de tonnelier me semblait odieux, et, lorsque la vie réelle se trouve si proche, que je me vis à la veille de m'affubler d'un mariage et d'une maîtrise, je crus que j'allais entrer dans un cachot et me faire garrotter tout le reste de ma vie. Comment la vierge céleste que je porte en mon cœur peut-elle devenir ma femme ? Non ! Elle doit éternellement briller de la jeunesse, de la grâce et de la beauté que mon imagination lui a départies. Ah ! que mes désirs sont impatients ! Comment pourrais-je renoncer à mon art divin ? Bientôt je me baignerai de nouveau dans ton atmosphère embrasée, magnifique pays, patrie de tous les arts ! »

Les deux amis étaient arrivés à un endroit où le chemin que devait suivre Reinhold prenait une autre direction. « Séparons-nous ici », dit-il ; il pressa longtemps Frédéric contre son cœur, s'élança sur son coursier et partit en plein galop. Frédéric le regarda longtemps sans proférer une parole, et revint lentement au logis, assiégé par les pensées les plus contradictoires.

X

Comment Frédéric fut chassé de l'atelier de maître Martin

Le jour suivant, maître Martin travailla silencieusement et d'un air sombre à la tonne de l'évêque de Bamberg, et Frédéric, de son côté, fort affligé du départ de Reinhold, ne prononçait pas une parole, et se gardait surtout de chanter. Enfin, maître Martin jeta son maillet de côté, croisa ses bras, et dit d'un ton d'accablement : « Voilà Reinhold parti aussi ! C'était un peintre distingué, et il se moquait de moi avec sa tonnellerie. Si j'avais soupçonné cela, lorsqu'il vint dans ma maison avec toi, comme je lui aurais montré la porte ! Un visage aussi ouvert, aussi honnête, et un cœur rempli de mensonges et de ruse ! Allons, il est parti ; et tu t'en tiendras fidèlement à ton métier. Qui sait jusqu'où nous nous rapprocherons, si tu deviens un bon maître et que Rosa te trouve à son gré ? Tu me comprends, tu pourras me la demander. » Il reprit son maillet et se mit à travailler avec ardeur. Frédéric ne pouvait se rendre compte de l'impression qu'il éprouvait ; mais les paroles de maître Martin déchiraient son cœur et lui ôtaient tout espoir. Rosa reparut dans l'atelier, pour la première fois après une longue absence ; mais elle était triste, et Frédéric crut remarquer qu'elle avait les yeux rouges. « Elle a pleuré pour lui, elle l'aime donc », se dit-il, et il n'osa pas lever une seule fois les yeux vers celle qu'il chérissait.

La grande tonne était achevée, et ce ne fut qu'en contemplant ce bel ouvrage que maître Martin recouvra sa bonne humeur. « Oui, mon fils, dit-il en frappant sur l'épaule de Frédéric, j'en reste là : si tu réussis à gagner les bonnes grâces de Rosa, et si tu fais un digne chef-d'œuvre, tu deviendras mon gendre. Et tu pourras aussi te faire agréger à la noble corporation des maîtres chanteurs et t'acquérir beaucoup d'honneur. »

La tâche augmenta tellement chez maître Martin qu'il se vit forcé de prendre deux compagnons, vigoureux travailleurs, mais gens grossiers, démoralisés dans leurs longues tournées. Au lieu des propos joyeux et agréables des jeunes compagnons, on n'entendait plus dans l'atelier de maître Martin que des plaisanteries vulgaires, et de disgracieuses chansons de taverne avaient remplacé les chants harmonieux de Reinhold et de Frédéric. Rosa ne se montrait plus dans l'atelier, et Frédéric ne la voyait que rarement et à la dérobée. Lorsque alors il la regardait en soupirant et qu'il lui disait : « Ah ! Rosa, si je vous revoyais aussi contente qu'au temps de Reinhold !... » elle baissait les yeux en rougissant et murmurait : « Avez-vous quelque chose à me dire, Frédéric ? » Mais Frédéric gardait timidement le silence, et l'heureux moment s'enfuyait. Maître Martin insistait pour que Frédéric fit son chef-d'œuvre. Il avait choisi son plus beau bois de chêne, sans la moindre rayure, conservé depuis cinq ans dans son atelier, et personne que le vieux Valentin ne devait aider Frédéric dans son travail. Mais la présence des grossiers compagnons avec lesquels il vivait avait rendu la profession de tonnelier odieuse au pauvre Frédéric, et il frémissait en songeant que cette œuvre allait décider de sa vie. Il savait qu'il serait malheureux en se livrant à un genre de vie entièrement contraire à sa vocation. Le portrait de Rosa peint par Reinhold était sans cesse présent à sa pensée ; et son art lui semblait plus noble que jamais. Souvent, lorsque le sentiment déchirant de sa situation s'emparait trop fortement de son âme, il se rendait dans l'église de Saint-Sébald. Là, il restait, durant plusieurs heures, à contempler le beau monument de Peter Fischer, et il s'écriait : « Est-il une plus belle tâche sur la terre que celle d'exécuter ces sublimes travaux ! » Et, lorsqu'il lui fallait revenir à ses douves et à ses cercles, lorsqu'il songeait à la manière dont il fallait mériter la main de Rosa, il lui semblait qu'une main de fer comprimât son cœur, et que les tourments qu'il éprouvait dussent bientôt terminer ses jours. Reinhold venait souvent à lui, dans ses rêves, et il lui présentait d'admirables dessins, de magnifiques esquisses de sculpture, dans lesquels Rosa apparaissait d'une façon merveilleuse, tantôt sous la forme d'une fleur, tantôt sous l'apparence d'un ange avec des ailes. Mais il y remarquait toujours quelque chose, et il s'aperçut que Reinhold avait oublié de placer un cœur dans le sein de Rosa, et Frédéric le dessinait lui-même. Sa situation devenait chaque jour plus cruelle, chaque jour l'état de tonnelier lui inspirait plus de dégoût, et il allait chercher des consolations auprès de son vieux maître Holzschuer. Celui-ci permit à Frédéric de commencer dans son atelier un ouvrage dont il avait eu l'idée et pour lequel il avait réservé depuis longtemps ses économies. Il arriva donc que Frédéric ne travailla plus dans l'atelier de maître Martin, et que plusieurs mois se passèrent sans qu'il touchât à son chef-d'œuvre. Maître Martin lui reprocha doucement son oisiveté, et Frédéric fut contraint de reprendre le maillet et la hache. Tandis qu'il travaillait, maître Martin s'approcha de lui et regarda les douves qu'il avait préparées. Tout à coup le vieux maître devint rouge de colère. « Eh quoi ! est-ce là un travail ? dit-il. Un apprenti qui serait depuis trois jours dans l'atelier se montrerait plus habile. Frédéric, quel démon te harcèle depuis quelque temps ? Maudit compagnon, quel plaisir trouves-tu à me gâter ainsi mon beau bois de chêne ? »

Frédéric ne put se contenir plus longtemps, il jeta sa hache loin de lui, et s'écria : « Maître, tout est fini ! Non, et dût-il m'en coûter la vie, je ne puis plus travailler à ce vil métier, quand mon âme m'appelle à une plus noble profession. J'adore votre Rosa ; c'est pour elle que j'ai travaillé depuis si longtemps ; maintenant, je le sais, elle est perdue pour moi, j'en mourrai de chagrin, mais je ne puis résister ; je retourne chez mon digne et vieux maître Jean Holzschuer que j'avais indignement abandonné. »

Les yeux de maître Martin brillaient comme des charbons ardents. Il se trouvait hors d'état de parler, et balbutiait seulement : « Quoi ! toi aussi ? Ruse et mensonge !… me tromper !… La tonnellerie, un vil métier !… Loin de moi, misérable !… éloigne-toi… »

À ces mots, maître Martin prit Frédéric par les épaules et le jeta hors de son atelier. Des ris moqueurs le poursuivirent. Le vieux Valentin seul joignit les mains et dit à voix basse : « J'avais bien remarqué que notre jeune compagnon avait en tête quelque chose de mieux que nos tonneaux. »

Quelle que fût la colère de maître Martin contre Reinhold et Frédéric, il ne pouvait se dissimuler que toutes les joies, que tous les plaisirs, avaient disparu avec eux. Ses nouveaux compagnons ne lui causaient que des ennuis et des tourments. Il était forcé de s'occuper de tous les détails, et nul ouvrage ne se faisait à son gré. Un jour qu'il était accablé de soucis, il se mit à soupirer et s'écria : « Ah ! Reinhold, ah ! Frédéric ; si vous ne m'aviez pas si indignement trompé, vous seriez devenus d'excellents tonneliers ! » Il se trouvait si découragé qu'il songeait quelquefois à renoncer entièrement au travail.

C'est dans une telle disposition qu'il se trouvait un soir assis devant sa porte, lorsque maître Jacobus Paumgartner et le vieux Johannès Holzschuer vinrent inopinément à lui. Maître Martin pensa qu'il serait question de Frédéric, et, en effet, après avoir pris place dans la grand'salle, maître Jacobus amena la conversation sur le jeune ciseleur, et Holzschuer se mit à le louer de toutes façons. Il dit que Frédéric était destiné non pas seulement à devenir un habile orfèvre, mais un célèbre fondeur, et à marcher sur les traces glorieuses de Peter Fischer. Maître Paumgartner reprit à son tour, et plaignit le pauvre garçon si fort maltraité par maître Martin ; puis ils intercédèrent de concert en sa faveur, car Rosa ne pouvait, à leur avis, trouver un meilleur époux. Maître Martin les laissa parler jusqu'à la fin, alors il ôta sa barrette et leur dit en riant : « Mes chers maîtres, vous défendez bien ce jeune gars qui m'a joué si honteusement : aussi je lui pardonne ; mais, pour Rosa, qu'il n'en soit jamais question. »

En ce moment Rosa parut, pâle et les yeux rouges. Elle posa des verres, du vin sur la table. « Allons, dit Holzschuer, il faudra donc que je cède à ce pauvre Frédéric, qui veut quitter son pays pour toujours. Il a fait un bel ouvrage chez moi, et, si vous le permettez, mon cher maître, il l'offrira à Rosa en souvenir de lui. »

À ces mots, maître Holzschuer tira de sa poche une petite coupe d'argent supérieurement travaillée, et la présenta à maître Martin, qui était grand amateur des ustensiles précieux et qui l'examina avec beaucoup d'intérêt. Il était difficile alors de voir un travail plus fini. De légères guirlandes de vigne et de roses serpentaient autour de la coupe, et du fond de chaque rose se montraient de charmantes figures d'anges. Le fond de la coupe était doré, et on y avait gravé des groupes de chérubins ailés. Quand on versait un vin doré dans la coupe, il semblait que tous ces anges nageassent dans des flots jaunissants. « Cette coupe est d'un beau travail, dit maître Martin, et je la garderai si Frédéric veut accepter le double de sa valeur en bonnes pièces d'or. »

En parlant ainsi, maître Martin remplit la coupe et la porta à ses lèvres. Au même moment, la porte s'ouvrit, et Frédéric, pâle et défait, s'avança pour dire un dernier adieu à celle qu'il devait quitter pour toujours. « Ô mon cher Frédéric ! » s'écria Rosa en l'apercevant, et elle courut se jeter dans ses bras. Maître Martin posa la coupe sur la table ; à la vue de Frédéric il se frotta les yeux, comme s'il apercevait un spectre. Puis il reprit la coupe et l'examina attentivement. Enfin il se leva et s'écria d'une voix forte : « Rosa, aimes-tu Frédéric ? — Ah ! balbutia Rosa, je ne puis le cacher plus longtemps, je l'aime comme ma vie ; mon cœur s'est brisé lorsque vous l'avez chassé ! — Frédéric, embrasse donc ta fiancée ; oui, oui, ta fiancée ! » dit maître Martin.

Paumgartner et Holzschuer se regardèrent, muets d'étonnement ; mais Martin continua, en tenant toujours la coupe : « Tout n'est-il pas arrivé comme la grand'mère l'avait prédit ? Il apportera une brillante maisonnette où de joyeux angelots s'agiteront dans des flots écumeux. La voici ! voici les anges et voici le fiancé. Eh ! eh ! Messieurs, tout est au mieux ; le gendre est trouvé ! — Ô mon cher maître ! s'écria Frédéric, est-il possible ? Vous m'accorderez Rosa, et je puis me livrer à mon art ! — Oui, oui, dit maître Martin. La prédiction est accomplie. Ton chef-d'œuvre restera ici. — Non, Maître, dit Frédéric en souriant, j'achèverai ma dernière tonne ; et puis, je reprendrai le ciseau. — Ô mon brave garçon ! s'écria Martin les yeux étincelants de joie. Fais donc ton chef-d'œuvre, et après, les noces ! »

Frédéric tint parole ; il acheva sa tonne, et tous les maîtres déclarèrent qu'il était difficile de produire une plus belle pièce. Maître Martin était fier et joyeux d'avoir un tel gendre. Le jour de la noce arriva enfin. La tonne de Frédéric, remplie de noble vin et ornée de fleurs, s'élevait devant la maison de Martin, où se trouvaient les maîtres des métiers avec leurs femmes et les maîtres orfèvres Paumgartner et Holzschuer. On se disposait à se mettre en marche pour l'église de Saint-Sébald, où le mariage devait avoir lieu, quand un bruit de trompettes retentit dans la rue et des chevaux s'arrêtèrent devant la demeure du tonnelier. C'était le seigneur Henri de Spangenberg en habit de gala, et à quelques pas de lui venait, sur un coursier fougueux, un jeune chevalier ayant au côté une épée étincelante et sur la tête une barrette ornée de longues plumes et de pierreries. Maître Martin aperçut près du chevalier, sur un palefroi blanc comme la neige fraîchement tombée, une jeune dame merveilleusement belle. Des pages et des écuyers, couverts de riches livrées, les entouraient. Les fanfares cessèrent, et le seigneur de Spangenberg s'avança. « Eh ! eh ! Maître Martin, cria-t-il, je ne viens ici ni pour les vins de votre cave, ni pour vos bats d'or, je viens uniquement parce que c'est la noce de Rosa. Voulez-vous me laisser entrer ? »

Maître Martin, se souvenant de ses paroles, eut un peu de honte, et courut recevoir le noble seigneur. Le vieux gentilhomme descendit de cheval, et entra dans la maison en saluant courtoisement. Les pages accoururent, la jeune dame fut descendue par eux de son palefroi, le chevalier lui offrit la main, et ils suivirent le vieux seigneur. Mais, dès que maître Martin aperçut le chevalier, il recula de trois pas, se frappa les mains, et s'écria : « Ciel ! Conrad ! » Le chevalier se mit à rire. « Oui, sans doute, mon cher maître, dit-il, je suis votre compagnon Conrad. Pardonnez-moi la blessure que je vous ai faite. Après tout, Maître Martin, j'aurais dû vous tuer, vous devez voir cela vous-même ; mais tout s'est arrangé. »

Maître Martin, fort troublé, répondit qu'il avait mieux fait de ne pas le tuer, et qu'il ne songeait plus à la petite égratignure qu'il avait reçue. Tout le monde s'étonnait de la ressemblance singulière de la jeune dame avec la fiancée. Le chevalier s'approcha avec grâce de Rosa. « Permettez, dit-il, que Conrad assiste à cette fête ; n'est-ce pas, vous n'êtes plus irritée contre le compagnon étourdi qui a failli vous causer tant de peine ? » Et comme les deux fiancés et maître Martin se regardaient, surpris : « Il faut bien que je fasse cesser votre surprise, dit Spangenberg. Ceci est mon fils Conrad, et vous voyez sa fiancée, qui se nomme aussi Rosa. Souvenez-vous de notre entretien, Maître Martin. J'avais mes raisons pour vous parler ainsi. Le pauvre garçon était amoureux fou de votre fille ; il m'avait enfin amené à céder à ses instances et à demander Rosa pour lui. Lorsque je lui dis la manière dont vous m'aviez congédié, il s'échappa à mon insu et courut se faire tonnelier chez vous, pour séduire votre fille et peut-être pour l'enlever. Vous l'avez guéri par le coup vigoureux que vous lui avez donné sur les épaules. Je vous en remercie, car il a trouvé une noble demoiselle qui est sans doute la Rosa qu'il portait en son cœur. »

Cependant la dame avait agréablement salué la fiancée, et lui avait remis un collier de perles pour présent de noces. « Voyez, chère Rosa, dit-elle en lui montrant un bouquet de fleurs desséchées, ce sont les fleurs que vous donnâtes un jour à mon Conrad : il les avait toujours gardées : devenu infidèle, il me les sacrifia. Ne lui en voulez pas. »

On allait se rendre à l'église, lorsqu'un jeune homme vêtu de velours noir, à la mode d'Italie, la poitrine couverte de riches chaînes d'honneur, se présenta dans l'assemblée. « Reinhold ! mon Reinhold ! » s'écria Frédéric, et il se jeta dans ses bras. « Notre brave Reinhold ! le voilà donc revenu ! s'écrièrent aussi la fiancée et maître Martin. — Ne t'ai-je pas dit que tes vœux seraient exaucés ? dit Reinhold en rendant à Frédéric ses embrassements. Je viens fêter avec toi ton mariage, et voici mon présent de noces. » Il appela ses gens, et deux valets apportèrent un grand tableau entouré d'un beau cadre doré ; il représentait maître Martin dans son atelier, avec ses compagnons Reinhold, Conrad et Frédéric, travaillant à la grande tonne, tandis que Rosa les regardait. Tout le monde fut frappé de la vérité et du coloris de ce bel ouvrage. « Eh ! dit Frédéric, c'est sans doute ton chef-d'œuvre comme tonnelier, le mien est là sous le portique ; mais bientôt j'en ferai un autre. — Je sais tout, dit Reinhold, et je t'estime heureux. Tiens-toi à ton art qui procure plus de bonheur domestique que le mien. »

À table, Frédéric fut assis entre les deux Rosa, et, en face de lui, maître Martin, entre Conrad et Reinhold. On but tout le soir à la santé de maître Martin et à celle de ses braves compagnons.

TABLE DES MATIÈRES

L'homme au sable.................................. 9
Bonheur au jeu.................................. 51
La cour d'Artus.................................. 79
Maître Martin.................................. 97

IMPRIMÉ EN UNION EUROPÉENNE
le 06-11-2001
N° d'impression : 9822
001/01 – Dépôt légal, novembre 2001